自選随想集

行不由徑

ユクニコミチニヨラズ

中道 操

あけび書房

行不由徑（行くに徑に由らず）

子游爲武城宰。子曰、
「女得人焉耳乎。」
曰、
「有澹臺滅明者。行不由徑。非公事、未嘗至於偃之室也。」

（『論語』雍也篇より）

子游が武城（山東省費県南西）の宰（とりしまり）となった。先生が、「お前、人物は得られただろうか。」といわれると、答えた、「澹臺滅明という者がおります。歩くには近みちをとらず、公務でないかぎりは決して偃（この長官であるわたくし）の部屋にやってきません。」

（岩波文庫『論語』より）

目次

幻の地図（小川国夫）

好藷好日（日日）

夾竹桃

木木にひそむふる里

私は美濃大垣で生まれた。地表から三〇センチメートルも掘れば水が出る低湿の地であり、育つ樹木は限られていた。

上京したのは昭和二五年で、一八歳の時だった。多摩川べりの高台に住んでやがて二〇年になる。引越しと同時に植えた庭木も随分と大きくなった。よその庭や周辺の森や林に、木木は季節によって装いを変え、私の目を楽しませてくれる。この辺りには樹木の種類が多い。名を覚えてもすぐに忘れる。子供の頃の思い出とつながる木のほかは……。

私の家の窓から桜の名所聖蹟桜ヶ丘が見える。花が満開のころには、丘全体が白く煙ったようになる。私の生家の横には川が流れていて、そこに桜堤があった。空襲が激しくなったある日、爆撃の目標になるというので伐り倒され、薪になってしまった。

大垣では夾竹桃を見たことはなかったが、「夾竹桃の花咲けば」という少女小説を読み、その花を見たいと思い続けた。私の家の庭に、さし木したそれが、夏の盛りには、とき色で八重のみごとな花を咲かせる。

姉はどうだんつつじが好きであった。女学校で習う生け花で使ったその枝を、いそいそと持ち帰り、床の間にいけた。秋がたけると、私は通勤の道すがら、燃えるように紅葉したどうだんの生け垣の前で立ち止まる。

川向こうの原っぱの真ん中に、荒れ果てた毘沙門神社があった。小学生の私は、木木が生い茂って昼でも暗い境内に入り込み、黒く湿った土の上の藪椿の落花を拾った。首飾りを作るためだった。窓の外に、乙女椿が咲いている。その小暗い葉かげに、少女のころの私が見える。

多摩の木群は、その奥に私のふるさとをひそめている。


（朝日新聞「多摩を歩く」入選、一九八五年一月）

隣は何をする人ぞ

美容院に行って、髪を切ってもらったり染めてもらったりする。そんなとき、店に備えてある週刊誌を見ることがある。しばらく前に、その中の一ページに、神津善行・中村メイ子夫妻の会話が収録されていた。

「死んでからは、別別のお墓に入りましょうって、今から話し合って決めているんです」

あっけらかんとしていて、実に明るい。読んだとき、何か新しい風に吹かれたような気がしたものだ。

その後、ある新聞の夕刊で、今は亡き白洲正子さんが、こんな風に質問に答えていた。

〈あの世で会いたい人を三人あげろといわれたら、だれになりますか〉

「一番はやはり西行だわね。それから小林秀雄さんと青山二郎さんかな」

〈ご主人はいいんですか〉

「次郎さんとはこの世で十分におつき合いしたから、もういいわ」


神津夫妻が「別別のお墓に」というのは、「この世で十分におつき合いしたから」という言い分なのかどうか。前掲の会話の中では触れられていなかった。

近ごろは、葬送の自由を唱える人も多くなった。死後の自分の葬られ方に、生前から注文をつけておこうというわけだ。したがって、夫婦であっても、別別のお墓に入りたければ、それがかなえられる日が来るだろう。しかしその一方で、古来、夫婦や親族でなくとも、死後は、あの人の隣に葬ってほしいと願った人も多かったようだ。


先年、山形の上山温泉に行った。ちょうどさくらんぼ狩りの季節だった。

お昼すぎに着いて、まず斎藤茂吉記念館を訪ねた。そして翌日の午後、時間があったので、茂吉生家と宝泉寺を訪ねることにした。

駅前で車を拾った。運転手に行先を告げると、「宝泉寺には、茂吉のお墓もあります」

と教えてくれた。

宝泉寺は茂吉の生家、守谷家の隣にあって、菩提寺でもあった。茂吉が幼いころ、宝泉寺の住職を務めていたのは、窿応（りゅうおう）和尚であった。茂吉は和尚から、宗教心や書画への関心について深く影響を受け、和尚もまた、茂吉の並並ならぬ資質に着目していたという。茂吉は、斎藤家の医業を継ぐべく養子となって上京した後も、生涯にわたって窿応和尚を慕いつづけ、交わりを持った。

宝泉寺の前で車を降りて、門からまっすぐに本堂に通じている参道を歩いた。日ざしは暑いほどだった。寺域は、さほど広くはなかったが、回りに広がる畑との間に、塀も垣根もなくて、のどかな眺めであった。

参道の左の方に人の丈くらいの生垣があった。その前に小さな案内板が立ち、茂吉の墓の在りかを図示していた。生垣の向こうが墓地になっていて、茂吉の墓は窿応和尚の墓と隣り合っているらしい。

本堂の前には、向かって左側に、仰ぎ見るほどに高くて大きな歌碑が立っていた。黒御影石なのだろうか、つやのある石の面に『赤光』からの一首が深く彫りつけられていた。

　のど赤き玄鳥(つばくらめ)ふたつ屋梁(はり)にゐて足乳根(たらちね)の母は死にたまふなり

その歌碑の前から左に折れて、墓地に入った。細い道をいくらも行かないうちに、墓地の真ん中あたりに、他より飛びぬけて高い墓碑が、こちら向きに二基並んで立っているのが見えた。近づくと、茂吉と窿応和尚の墓だと分かった。二人の墓の周囲が広く空けられているせいもあって、遠くからも目立つのらしい。

窿応和尚のは石碑めいていて、正面から見ると、茂吉のより大きかったが厚みはなかった。やや青みがかり、文字もおぼろで古色を帯びている感じだった。その左隣の「茂吉之墓」と簡素に刻まれた石柱型の墓碑は、いかにも小ぶりで、位牌を思わせる脚がついていた。そして、窿応和尚の墓と頭を揃えるためなのか、台座が不似合いに高かった。もともとあった窿応和尚の墓の隣に、茂吉の墓が新しく建てられたものとみえる。さっき見た案内板には、青山墓地の本墓から分骨したとあったが、茂吉の意志なのかどうか。

その後、北杜夫氏の『壮年茂吉——「つゆじも」「ともしび」時代』『茂吉晩年——「白き山」「つきかげ」時代』などにある記述から、いろいろなことが分かった。

茂吉は、北氏がまだ大学生だったころすでに、窿応和尚の墓の隣に自分の墓を建てるのだと嬉しそうに話していたという。墓碑の字は自分で書き、石も石屋も寸法も決め、生前に彫らせていた。それが妹の嫁ぎ先である斎藤十右衛門宅（守谷家隣）に、しまわれていた。戒名は、昭和九年にはできていた。茂吉が亡くなったのは、昭和二八年二月二五日のことだから、随分と手回しがよかったわけだ。お骨は、火葬を終わって親族が拾う段階で、東京と山形とに分骨するため、二つの骨壺におさめられたのだそうだ。

秋深き隣は何をする人ぞ

の句を残した松尾芭蕉は、「木曽殿と塚を並べたい」と言い遺し、近江の義仲寺に埋葬された。琵琶湖にのぞんだ風光が気に入ったということもあろうが、芭蕉は、なぜか義仲に心を引かれていたという。ある俳人は、「志半ばに死んだ木曽冠者の無念が彼の心をとらえたのだろう」と言う。生涯漂泊者として俳諧に執着した芭蕉もまた、齢五〇にして、旅の途上で「野垂れ死に」することになった。そして死にのぞんでもなお、「山水野鳥のこえにおどろく」おのれを恥じ入り、悔やみ、「俳諧をわすれむとのみおも」ったという。つまり、「西行や宗祇のように」悟りすましての大往生ではなかったというのである。そして後に、その墓のありようを伝える次のような一句が生まれた。

木曽殿と背あはする夜寒かな　　又玄

ウィーンの中央墓地を訪ねた者は、そこにベートーヴェンとシューベルトが隣り合って眠っているのを見る。そしてガイドが、シューベルトはベートーヴェンを深く尊敬していて、死後はベートーヴェンのそばに葬られることをこいねがっていた、と語るのを聞くだろう。

自分が愛していながら、この世で結ばれることのなかった女と、隣り合わせに葬られるのを切望する男の鬼気迫る言動が、エミリー・ブロンテの『嵐が丘』に描かれている。

……私は棺の片側を叩いてしまりをゆるくしてまた土をかぶせておいた——……私があすこに一緒に埋まる時には、あれの棺の片側を引っぱりとってしまい、私の棺の片側もそっと抜き出してもらうように、寺男に賄賂をつかませておいた。……そうすりゃ、……私どもはもうすっかり互いに一緒になって、どっちだかわからなくなっている……
……私自身に少しばかり安心を与えるのさ。私はずっと気楽になるだろうし、お前は私を土の下でおとなしくさせておけるだろうから、私に迷って出られる心配がなくなるというものさ……（大和資雄訳）

「私」は、ヒイスクリフ、「あれ」はキャサリンである。『嵐が丘』はフィクションだが、物語の舞台になったハワースのヒースの丘に立てば、この場面は、にわかに現実味を帯びてくる。

人間が後世をたのむようになったのは何時ごろからのことだろう。宗教が何らかの役割を果したことは確かだ。しかし、後世をたのむには、死後もその人のエネルギーが働き続けている必要がある。この世で生きることで手一杯、というようなやから（自分を含めて）に許される業ではなさそうだ。だからこそ、余計に、茂吉や芭蕉や『嵐が丘』のことが、気になるのかもしれない。

（『青銅時代』第四一号、一九九九年秋）

化粧

昭和二七年か八年のことだ。朝日新聞に「化粧」という小説が連載されていた。私はとうとう一行も読まなかったが、クラスメートの中には熱心な読者もいたようだ。私は当時、女子大の学生で、北多摩郡小平町鷹の台のキャンパスの端に立っていた寮に寄宿していた。

週末の休みに、新宿へ出かけるというSさんと、電車の中で偶然いっしょになった。二人は吊革につかまりながら、雑談にふけった。そこでたまたま「化粧」に話がおよんだ。

「あなた読んでる?」

「全然読んでないの。おもしろい?　どんな話?」

「心の化粧の話よ」

〈心の化粧〉などということばが、美しいSさんの口から出たのが意外だったので、私はその横顔をまじまじと見つめた。

その後のことだ。大学の卒業を翌春に控えた秋の日、ある経済紙で、家庭欄新設に備えて婦人記者を募集しているのを知った。私も応募してみた。

二次試験に進んだところで、また作文を書かされた。一次試験のときのように原稿用紙にではなく、わら半紙を掌大の長四角に切ったものに、三ないし五行、濃い鉛筆で分かりやすく大きな字で短時間に書くというものであった。つまり、新聞記事をつくるまねごとをやらされたわけだ。そのときに示された題が「化粧」だった。枚数は覚えていないが、私はおおよそ次のような主旨のことを書いた。

平塚らいてうは次のように言った。

「元始、女性は太陽であった。真正の人であった。今、女性は月である。他によって生き、他の光によって輝く病人のやうな蒼白い顔の月である」

女性が太陽であったころ、すなわち母系制の行われていた社会では、生活の主導権は女にあり、女たちは男の歓心を買う必要はなかった。そのような社会では、化粧をしたのは男たちだった。その習慣を残している民族が今も地球上に存在している。きじ、孔雀、それに獅子さえも、美しく装っているのは雄である。雄は雌の注意を引かんがために、あのように美しくつくられている。

今や、男の影、つまり月に堕した女たちは化粧に憂き身をやつしている。女たちよ！　化粧をするのなら、心の化粧をこそせよ。顔の化粧はいらぬ。

この作文を書いたあと、面接試験があった。面接担当者の一人が、生まれたままで何の手も加えられていない私の色の黒い顔を不思議そうに眺めて、

「どうしてお化粧をしないのですか？」

と問いかけた。私は、冷ややかに答えた。

「必要ないと思いますので」

就職試験には落ちた。

それから流れた二十数年の間に、私の顔に化粧が施されたのは、私が花嫁になったときだけであった。そのころの私にとって、化粧とは、口紅をさすだけのことであった。

それが、どういうわけか、五〇歳を目前にして、化粧づいた時期があった。やれ、結婚式の媒酌人だ、やれ、〇〇賞の授賞式だ、というわけだった。人生もたそがれになってから人前に出ることになり、化粧するのも身だしなみの内だと考えたり、ああやっぱりコケオドカシだと後ろめたくなったりしていた。しかしそんなとき、美容院のお世話になるほかはなかった。私は化粧品をあまり持っていなかった。

パーティーは、夜とか午後にあるとは決まっていない。あれは夫が三〇年勤続の表彰を受けることになったときのことだった。表彰式は午前中で、それに続いて昼食パーティーがあるという。会場では夫の上司や同僚のだれかれにまみえることになるだろう。困ったことに朝が早いので、美容院でのメーキャップをあてにできない。前の晩に化粧してもらって寝るわけにもいかない。私はすっかり、素敵なベターハーフを演じる気になっていた。

どうやって化粧をなし遂げるか、と思案投げ首の私に、娘や職場の友人たちがいろいろと助言をしてくれた。

「お父さんのために、だなんて、お母さんらしくありませんよ。自分の意志をつらぬいた方がいいと思うわ」

「お化粧するんですって？　五十の手習いというわけ？　気の毒ねぇ」

「色の黒い人には、ちゃんとそれに似合った化粧品があるんよ。買うんならついていってあげる」

かくして私は大枚を投じる羽目になり、ファウンデーションからアイシャドウまで手に入れた。

「ちょっとつけると、見違えるようにきれいになるよお！」

やじ馬の声を真にうけて、表彰式が終わってからも、朝の出勤前のひとときを、鏡の前に座って、メーキャップに時間をとるようになった。が、一週間も続けたら、くたびれ果ててしまった。

「ああ、ああ、化粧にかける時間がもったいない。本でも読んでた方がましだわ」

というと、

「あーら、みんなやっているのよ。そんなこと言ったら、ご飯食べるんだって、おトイレに行くんだってめんどくさい、時間がもったいないってことになるじゃない？　慣れれば手早くできるようになります。努力して！」

と、はっぱを掛けられた。

私は心の中でつぶやいた。

「ご飯食べなかったり、トイレに行かなかったりしたら人間は死にます。化粧しなくたって死にませんよ。しない方がお肌のためにはいいのです。……でも、化粧をした顔という仮面をかぶって人を眺め、その仮面を実像だと思って対してくる人たちを仮面の下から見ているのもなかなかおもしろいですね」

そのうちに、おもしろいどころではなくなった。ある朝起きてみると、顔が腫れ上がって、目が開けられなくなっていた。化粧品にかぶれたものらしかった。今度は医者のお世話になった。以来、お化粧から足を洗った。

（『青銅時代』第四二号、二〇〇〇年秋）

もはら眠たし

大学二年の夏休み、クラスメートの十数人と伊豆の天城に行った。帰途、修善寺までバスに乗った。昭和二六年のことだ。

冷んやりした青葉の中を、渓流の水音に沿ってバスは下った。が、間もなく目の前が霞むほどバスに酔ってしまった。身体の中から、恐ろしいものが溢れ出してくるような気がして、目をつむって必死に堪えた。そしていつしか、まどろんでいた。

目覚めたときには、すでに山道をはずれていて、バスは青い田んぼの間をひたすら走っていた。居眠りをしているうちに、何か落とし物でもしたような気分だった。

その旅行の費用は、家からの仕送りを少しずつ貯めて捻出した。貧しかった。引率して下さった保健体育の教授のミセスMから、

「来られて、よかったわね」

と、そっと声をかけられたときには、〈ああ、先生には、何もかも見通しなんだ〉と思って、嬉しいような恥ずかしいような気がした。体育の実技では、元気なことだけが取柄の私だった。バレーボールやテニスは、からきし駄目で、グラウンドをかけ回るフィールド・ホッケーだけが、ようやく人並みといったところで目立っていた。

帰省の途中に、天城の温泉に寄ることなど家には内緒だった。それだけに、逆に意気ごんでいたのかも知れない。それなのに、せっかくの旅のフィナーレを、バスの中で居眠りをしてしまった。


子育てをしているころには、よく居眠りをした。

二人の女の子を寝かしつけるとき、本を読んでやることが多かった。読んでいるうちに、こちらが先に夢心地になって、まちがえて読んだりすると、

「お母さん、まちがえたよ！」

と、まだ黒々と目の冴えている子供に指摘された。同じ本を何度も読んでもらっているので、子供たちは文脈を細かく覚えてしまっていた。うとうととして、本に書かれてい

ないことをつぶやくこともあった。

「夢と現実は少々ちがう……」

などと、実は寝言なのであった。子供たちのはじけるような笑い声で、はっと目を覚ました。

三八歳で三人目の子を生んだ。男の子だった。彼はことばは遅かったが、生後九か月で歩きはじめた。私は勤めを持っていて、夫の母が子供たちの面倒を見ていた。その母も八〇に近く、昼間の子守りで長男を外の道に出すと、ついて歩きかねるようになった。いきおい、家の中や狭い庭で遊ばせることが多くなり、子供は運動不足で、夜の寝つきが悪くなった。

寝かせようとして背負うと、すぐに寝息を立てはじめた。しかしベッドに降ろすと、寝息がはたと止み、火がついたように泣くのだった。家族が寝不足になるし、子供も不憫なので、私は子供を背負ったままで、子守歌を小声で歌いながら揺り続け、朝を迎えることもあった。そんなときには立ったまま居眠りしてしまうらしく、子供の重さでよろけては目を覚ました。

勤めを休んで昼寝をするわけにもいかないので、家政婦さんを頼んだ。そして、午前と午後に一時間くらい、一歳半になっていた長男を散歩させてもらうようになってから、子供の寝つきはよくなり、私の方も、立ったまま居眠りをしないでも済むようになった。その長男も、来年は三〇歳になる。娘たちも、それぞれに子供を抱えて、勤めを続けている。私も、六五歳で定年退職して三年めになった。心おきなく旅にも出る。本を読んでやるような相手もいない。ところが実情は、

夜こそはわが翔(と)ぶときと思へども机に寄ればもはら眠たし

というわけだ。先ごろ出した歌集『はりねずみの唄』からの一首である。

（『青銅時代』第四二号、二〇〇〇年秋）

音楽

六五歳で大学の事務職員を退職して、一〇年になる。一方、五つ年上の夫は、会社員だったから、退職も早く、その後の日日は二〇年にいたる。その間に、二人の娘は結婚して家を出た。末っ子の長男は同居しているが、朝が早くて夜が遅い会社勤めだ。いきおい、食事は三食とも夫と私だけのときが多く、このごろでは話すことが何にもなくなった。そんなとき、ＦＭ放送やＣＤの音楽を聞く。

雨が降って肌寒いような秋の朝、ＦＭから、マーラーの「私はこの世に見すてられ」などが流れると、泣きたいほど気持ちにしっくりとくる。二月のはじめのあたたかく晴れた日には、かがやかしいパヴァロッティのベル・カントが、まるで春をよび込むようにひびく。

ＣＤで聞くのは、おおかたはモーツァルトである、それには丹羽正氏の影響があり、その間のいきさつについては、以前、随筆に書いた。ハイドンやラヴェル、ブラームスなども聞くが、結局はモーツァルトに帰る。ヴァイオリン・ソナタばかり聞いていた時期があった。そしてこのところ、ブレンデルのひくピアノ・ソナタをくりかえして聞いている。といっても、私に音楽の素養があるわけではない。楽譜も読めない。ただ耳にこころよいかどうかだけを頼りにする。

昭和一三年に入学した小学校では、音階をド・レ・ミではなくてハニホヘトイロハで読むように教育された。音の位置と名称が固定していて楽だったが、そのあと入った旧制女学校では、ド・レ・ミ方式が健在だった。調子が変わるごとにドの位置が動き、楽譜を読むのがおっくうになってしまった。

それから半世紀もたって、職場でコーラスのグループを立ちあげることになった。入会をしぶっていたら、「美空ひばりだって楽譜が読めないそうよ」などとなぐさめられて、参加することにした。美空ひばりは天才で、絶対音感の持主なのだと、あとで知った。楽譜が読めないのではなくて読む必要がなかったのだ。

コーラスでの私のパートは、ソプラノだった。指導してくれる音大出のお嬢さんが、私の声を聞いて決めてくれた。歌声と話し声は別なのだそうだ。そのソプラノだということが、私のモーツァルト好きと関係があるらしい。お嬢さんの話によれば、モーツァルトはテノールで、高音が好きだったし、その演奏に自信があった。だからどの曲も、高音部に技巧をこらし、演奏者に高い技量を要求するというのだ。アルトの友人は、ヴァイオリンの高音より、チェロの低音の方が聞いていて気分がいいという。そしてブラームスが好きである。音楽の好みというのは、声の質、広い意味で体質とかかわっているのだろうか。

書家の石川九楊氏は、東アジアの書は西欧の音楽に喩えることが可能だ、と言っている。書と音楽の文法は同じだとする。筆触とサウンド、筆勢とダイナミックス(音の強弱)などを対比しながらの論には説得力がある。

ここ数年、デパートのカルチャーセンターの書道教室に通っていて、古今内外のすぐれた書を目にする機会がある。中国の王羲之(おうぎし)や顔真卿(がんしんけい)、日本の小野道風、良寛、藤原行成などが含まれる。それらはもちろんのこと、教室で手渡されるお手本にいたるまで、縦画と横画や撥ねなどがあやなす旋律から、書き手の魂の音楽が聞こえてくるような気がする。私は書道の先生から、筆づかいをもっと瀟洒に、そして変化をつけて、とたびたび言われる。裏を返せば、私の筆跡が、泥臭くて平板だということになる。書というのはこのように、書き手の心の翳りまで映してしまうものらしい。

しばらく前、ある新聞のコラムで、作曲家で指揮者の青島広志氏が、「やり直しや修正がきかないという意味で、書と音楽の演奏はよく似ている」と述べていた。なるほど、そんな共通点もある。

三島由紀夫に「音楽」という小説がある。だいぶ前に、小川国夫氏から聞いたことがあって、手に入れた。しかしそのとき、読んだのかどうか。新潮文庫のそれを取り出し、巻末の解説を読んでみたら、渋沢龍彦氏が、この作品の「音楽」は、オルガスムスの比喩だと書いていた。

高野公彦氏に次のような一首がある。

わが肉に入りてひろがるやはらかき女性性器官の一つかな〈こゑ〉　『水行』

もしかしたら、私が今の夫と結婚したのは、彼の声のせいだったのかもしれない。

いまから五〇年ほど前、私は彼とお見合いをした。お見合いは、私にとって、はじめての経験だった。東京から西宮の甲子園にやってきた彼は、大きく遅刻した。だから、ろくに話もせず、盛りあがらないうちにお開きになった。会場は、彼の姉が経営していた旅館の一室だった。私は、そのころ三重県の熊野市で高校教師をしていたので、当時の紀勢西線を経由して天王寺に出て、甲子園に来た。仲に立ったのは、私の職場の同僚だった彼の弟である。

帰りぎわ、私が父とタクシーに乗り込んだところへ、彼が手土産を持ってあらわれ、お見合いへの遅参を詫び、長旅をねぎらった。あわてていたのか、うわずったような声だった。姉や弟に背中を押されて、出てきたようでもあった。暗くて顔はよく見えず、ことばにさほどの意味はなかった。ただその声を聞いたとき、切ないような気持ちになった。やがて、なめらかであたたかな流れのなかに身をひたすような安らぎを感じた。

「琴線にふれる」とか「琴瑟相和す」という表現がすでに存在する。またある高僧は、「隻手の声を聞け」と言ったそうだ。生命体のなかには、もともと、そのものならではの音楽や楽器が、ひそんでいるのではないか。それが外界からの刺激によって、さまざまな調べを生む。それは耳に聞こえなくとも音楽であろう。こうした営みは、案外、生の根幹を占めているのかもしれない。

洗濯物を干そうと二階のベランダに出ると、庭のどこかで鶯が鳴いている。豊後梅の花はすっかり散って、あかい萼(がく)ばかりになった。そのそばで、花海棠のつぼみがふくらみ、かんざしのように垂れている。鶯がまた鳴いた。声が、大分ととのってきたようだ。

(『青銅時代』第四八号、二〇〇八年春)

オーギュスト・ロダンの胸像

何年か前に、ＮＨＫの教育テレビで、ロダンの晩年のことを紹介していた。デッサン帳にポルノばかり描いていたというのだ。エロチックなヌードや同性愛の女たち。あられもない姿態の女性ばかりが、大まかな輪郭で描かれ、水彩で淡く色付けされていた。一九八八年に、映画「カミーユ・クローデル」が封切になった。それを見た友人が、こんな風に話した。「ロダンに捨てられて、気が狂っちゃうのよね。それにつれて、作品の方もどこか変になっていくわけ……」

こんな経緯のあと、府中市美術館で「カミーユ・クローデル展」を見ることになった。そのチケットには、「世紀末パリに生きた天才女性彫刻家」とあった。二〇〇六年八月のある一日、私は会場に足を運んだ。

カミーユは一八六四年の生まれ。弟は詩人で外交官だったポール・クローデル。カミーユは一二歳のとき、アルフレッド・ブーシェから彫刻の手ほどきを受けた。パリに出たあと、ブーシェから指導を引きついだロダンのアトリエに入る。やがて助手になり、モデルも務めた。カミーユは二〇歳。ロダンは四四歳で内妻のローズがいた。しかしロダンは美しくて才能豊かなカミーユに恋をした。

ポールによれば、カミーユは勝気で激しく、男のような性格だったという。何事にも采配を振るい、気に入らないと平手打ちを食わせることもあったという。そんなカミーユは愛人という立場に耐えられず、ロダンから逃れようとした。しかしロダンは追った。そしてその気もないのに、彼女との結婚をちらつかせた手紙を送った。二人の間は回復し、仕事の上でも一心同体だったといわれる時期を過ごした。カミーユは「オーギュスト・ロダンの胸像」や「ワルツ」を、ロダンは「接吻」やカミーユをモデルにした「パンセ」を制作した。

しかしその後、カミーユはロダンの子をおろしたりして、体調をくずし、一八八九年、三四歳のとき、ロダンと訣別する。ロダンは彼女を経済的に支えつづけたようだが、カミーユには迫害妄想のパラノイア症状があらわれ、作品を破壊し、ロダン一党が毒を盛るとか、作品を盗んでいるとか言うようになった。そして一九一三年、アヴィニョン近郊のモンドヴェルグ精神病院に収容された。そこで三〇年を過ごした後、一九四三年に亡くなった。享年七八。共同墓地に葬られ、［１９４３―３９２］が彼女の墓標だったという。

一書によれば、ロダンのデッサン帳を埋めた挑発的な絵は、カミーユと別れたあと数がふえ、一五〇〇点にもなったという。

ロダンは、いくつかの女性遍歴の末、一九一七年一月二九日に、老いた内妻のローズと正式に結婚した。その半月後、ローズ夫人死去。同年一一月一七日に七七歳でロダン永眠。

（『青銅時代』第四九号、二〇〇九年秋）

からむし

しばらく通っていた園芸教室でのこと。あるとき生徒の一人が棉花の枝を持って来た。裂けた実がいくつも白い綿毛を吐いていた。それを手にした講師のT先生が、次のように話された。

「僕の出身は愛知県で、先祖は三河木綿とかかわりがあったんです」

綿の栽培が盛んになったのは一七世紀、江戸時代に入ってからになる。でも初期のころは、肥料の入手がネックになって、利益が上がらなかった。

「当時の主な肥料は下肥です。それも蛋白質をたくさん摂取した人のそれでないと栄養にならない。菜っ葉ばかり食べてる長屋の住人のはだめ。いきおい武家の屎尿の奪い合いに発展した」

三河から房総方面へ木綿を運んでいた商人が、帰りの船で干鰯（ほしか）を積んでくるようになった。T家の祖は、そのような商人の一人だった。その魚肥のおかげで綿の収量が上がり、莫大な富が生まれ、経済の構造まで変わった。

「木綿以前は何で衣料を作っていたかご存じですか？　からむしですよ」

からむしは一見灌木風だ。私の育った大垣の近在の農家の屋敷に、沢山生えていた。イラクサ科の多年草で、茎の皮から繊維（青苧（あおそ））を採り、糸を製して布を織る。苧麻（ちょま）ともいう。

小学校の高学年の頃、太平洋戦争の戦局は既に傾いていた。しかし、小学生なりに勇んで戦争に協力した。その一つに苧麻の採取があった。農家を訪ねて、身の丈ほどの枝を何本も刈り取ってもらい、庭先のV字形の仕掛けでしごいた。剝いだ茎の皮を持ち帰り、乾かして束ね、学校に持っていった。

からむしは麻と表記され、糸までの工程に手間暇がかかり、農家は年貢と自給分の生産がやっとで、商品化する余裕はなかったとT先生が話された。

永原慶二著『新・木綿以前のこと』は冒頭で、聞書『おあむ物語』（文末に注記）に触れる。おあむは石田三成の家臣の娘。関ヶ原の戦の時、大垣に籠城して鉄砲玉を鋳たり、敵の首級を上層者に見せかけるためお歯黒をつけたりしていた。彼女は回想する。一三から一七の歳まで、衣類としては（麻の）帷子一枚しか持っておらず、脛が出て困ったと。

戦時中に私の集めた苧麻は、どこに運ばれ、誰が身につけたのだろう。

＊『おあむ物語』＝聞書。一巻。正徳年間（一七一一〜一六）の成立とされる。石田三成家臣、山田去暦の娘（のち雨森儀右衛門の妻）の話を筆録したもの。おあむは御庵で老尼の意。一六〇〇年の関ヶ原の戦の際の、石田三成方の大垣城での体験を回想した話を記録したもの。近世の口語を知るうえで国語学資料として貴重。（百科事典「マイペディア」電子辞書版による）

（歌誌『コスモス』、二〇〇四年一二月）

犬の名は文太球

多摩丘陵の一角にあるこの土地に住むようになって四〇年近くになる。地山を造成した宅地で、高台になっている。

ここに引越して一〇年が過ぎた頃のことだ。長女は中学生になり、次女は小学校の高学年になっていた。ここに来てから生まれた長男は幼稚園に通っていた。夫の母は、長女が生まれた時に手伝いに上京して、そのまま同居していた。私たち夫婦と合わせて六人が住むには家が手狭になり、増築をすることになった。

一匹の犬が現れたのはその頃のことだ。

二階への建て増し工事があらかた終わり、植木屋が来て、二、三人掛かりで庭を整えていた。狭い庭だが、植木や庭石を補って、池まで造ろうというのだった。

植木屋が庭で弁当を広げている所へ耳の直立した白い犬が入って来た。くわえていた泥まみれのゴム草履を放り出すと、人なつっこそうな目をして植木屋の傍に寄って来た。吠えもせず、しっぽをしきりに振った。獰猛(どうもう)な感じはなかった。首輪をしておらず、体の毛のあちこちが汚れていた。

「こりゃあ、紀州犬の雑種だな」

と植木屋の親方が言った。夫の母が、

「そうじゃのう、間違いないわな。まだ若い衆じゃけど」

と言った。母は紀州生まれで、そこにずっと暮らしていた。

「捨てられたんかもなあ。人間を怖がらん」

「腹をすかしているようだ」

口口に言いながら、植木屋達は食べ残しを投げてやった。犬は嬉しそうに走り寄って、食べた。

庭の仕事が済んで、植木屋が来なくなっても、犬はときどきやって来た。この住宅地の麓の熊野神社の縁の下に、野良犬が何匹か棲みついていると聞いた。地山の斜面がわずかに開かれ、杉や公孫樹などの大木のかげに、朽ちかけた無人の社があった。ここからすぐの所だ。

「飼う気もないのに、餌をやったりしちゃあいかん」

と、夫の母が言った。母は、かくしゃくとしていたが、もう八〇歳を過ぎていた。子供たちはまだ幼く、夫と私は勤めに出ていた。わが家には犬を飼い通せる状況がなかった。母の住んでいた田舎に、犬を拾ったものの飼いきれなくて難儀する人が大勢いたというのだ。

犬は、餌にありつけないとわかると、庭から出ていって、道路をうろうろするようになった。そして、登校する小学生や戸外で遊ぶ子供たちに、まつわりついた。噛んだり吠えたりするわけではなく、せいぜい体を擦りつけてくる程度だったらしいが、怖がって泣き出す子もいた。

ある朝、犬の鳴き声がした。ただならぬ吠え方だった。

「あの犬らしいのう。どうしたんじゃろ」

こう言って、夫の母が出ていった。私も道に出た。見ると、二、三軒先のK先生の家の前の道路で、作業服の男が犬を追い回していた。捕獲員のようだ。少し離れて、幼稚園児のM君のお母さんが。固い表情をして突っ立っていた。彼女が通報したのだろうか。

「ちょっと待ちなはれ」

大声で母が叫んだ。

「捕まえて、どうするんじゃ」

「……………」

「殺すんかの？　そんな可哀想なことは止めなはれ！　だれか飼うてくれる人がおるかもわからんのに」

「そうですよ。おばあちゃんの言う通りだ。捕まえるのは、やめ給え！」

Ｋ先生の声だ。思わぬ援軍だった。先生は、道路より高くなっている庭の、フェンスの上から顔を出して、事の始終を見下ろしていたらしい。

「依頼があったから来たんです。そういうことなら……、これで……」

捕獲員は、合点がいかない様子で、ぐずぐずしていたが、こう言って去った。Ｍ君のお母さんも後を追った。

母は道路から、先生を見上げて何やら話していた。私は家に入った。

間もなく、母がもどってきた。そして、先生が犬をしばらく預かってくれることになった、と言った。先生と手分けして、もらい手を探すのだ、とも言った。年取ってから上京した母に、心当たりがあるわけではなかった。

K先生は国立大学の英文学の教授で、かの福原麟太郎氏の教え子だと聞いた。また、元寇の勇士を祖先に持ち、チェーホフの『桜の園』のラネーフスカヤ夫人が当たり役だった往年の大女優を縁戚にしていた。大正生まれで軍隊生活の経験もあり、学園紛争の時には学生を相手に堂堂と渡り合ったという。声も細く、少年のようにナイーブな教養人でありながら、ときにすこぶる付きの正義漢の顔を見せた。

母はここに移って間もなくから、K先生夫妻と仲よくしていた。先生の家の広い庭を見せてもらったり、連れ合いに先立たれて苦労した身の上話を聞いてもらったりしていたらしい。先生は、私の夫より十ほど年上だった。道で会うと、先生は私に、「お宅のおばあちゃんは、お偉いですなあ」と言った。

二人の努力にもかかわらず、犬の行き先は見つからなかった。母にしつこく迫られたご隠居が、「自分で飼わずに他の人に押し付けるなんて」と腹を立て、「やめさせなさい」と電話をしてきた。
二、三か月して、
「おばあちゃん、もういいよ。僕の家で飼うことにするから。家内も娘たちも賛成してる」

と先生が言ってくれた。母は申し訳ない気持ちでいっぱいになった。先生は、その犬に文太球という名前をつけて可愛がった。それはホームランのことだそうだ。戦時中、英語が敵性語として排斥され、ホームランを野球用語として使うことができず、その代わりに用いられたという。母は、それを短くして「ブンタ」と呼んだ。それから何年か、母は、家族の食べ残しがあれば、餌の足しにと文太の所へ運んだ。文太は庭の奥につながれていたが、母が近づくと躍り上がって喜んだ。その内に母の足もとが危なくなり、運ぶのを止めた。

母は、昭和六一年に九三歳で亡くなった。文太がK先生のもとで飼われるようになって一〇年余りが経っていた。文太は、その後も二、三年は生きた。しかし、終わり近くになって白内障が悪化し、目がほとんど見えなくなった。そして人間の年に換算して八二歳くらいになった頃、老衰で死んだ。

この頃では先生もめっきり年を取られ、一人で歩く時には杖を引いておられる。母が亡くなってから、もう一七年が過ぎた。

（「藤枝文学舎ニュース」第四七号、二〇〇四年一月）

おだいはん

「おだいはんがつきる」ということばを、子供のときに、よく聞いた。

「あの人も、とうとう亡くならした（お亡くなりになった）かね。おだいはんが尽きたんやなあ」

「そんなむちゃくちゃな食べかたをすると、早うおだいはんが尽きて（し）まうよ」

などと大人たちは話した。「はん」はたぶん、御飯すなわち食物のことだろうと思った。人が一生の間に食べられる食物の量は、人それぞれにあらかじめ決められていて、それを食べつくしたときに命終（みょうじゅう）をむかえるというのだ。食物の量を決めるのは仏さまなのか。

「おだいはん」の意味を確かめようと、電子辞書の広辞苑を引いてみた。「台飯」が載っていた。「台盤の上にのせてある食物」を指すらしい。「台盤」の項には、「食物を盛った器をのせる台。四脚、横長の机状で、朱または黒の漆塗り、上面は縁が高くなっている」とあった。また、食物をととのえる場所としての「台盤所」という単語の用例に、紫式部日記からの引用があった。けれど、「台飯が尽きる」という表現についての説明は、見つからなかった。私の生まれ育った美濃大垣地方だけで使われてきた言い回しなのだろうか。一八歳までそこで暮らした私のなかには、しっかりとすり込まれている。浄土真宗の信者が多く、かつては、身上（しんしょう）の半分を仏壇にかけるとさえ言われた土地柄である。

私は昭和七年生まれで、今年、八二歳になった。夫は三年前に亡くなった。末っ子の長男と同居している。四年前に、左大腿骨頸部を骨折した。人工骨頭を埋めこむ手術を受けたが、順調に回復した。そのほかには大した病気もせず、生きのびている。そして近ごろ、「お台飯がつきる」ということばが、気になりはじめた。

どうしたわけか、このごろときどき、食欲がなくなる。食事のあとに、かるい吐き気がしたり、おなかや背中が、しくしく痛む。医者に行くほどでもない。不安でもあり不愉快でもあった。ストレスか、老衰か、それともお台飯が尽きかけているのか。

生前の父は、「健啖は健康に通じる」などと言った。一方、夫の母からは、「ややこが腹をこわしたら、食べさせないで様子を見るのがいちばんじゃ」と聞かされていた。自分のおなかの調子がおかしくなってから、これらの二つのことばの間を行ったり来たりしていたが、思案の末、「ややこ」に返ってみようと、食事の量を減らすことにした。

もともと間食はしない。バランスを考えながら、食事の量を三割ほど減らした。そうすると次の食事までにおなかの中が、爽快なまでにからっぽになる。そんなときには、広くて青い空があおぎたくなる。庭の草花を心ゆくまでながめたくなる。何もかも脱ぎ捨て、原初のすがたにかえって、地球の生態系に組み込まれていくような気分だった。

ともかくも食事の量を減らすようになってから、おなかの違和感がなくなり、体調が、よくなった。体重が減るわけでもない。動くのが大儀になったわけでもない。雨さえ降らなければ、日に四〇〇〇歩ぐらいは歩く。身体が飢餓状態になると、自衛本能のようなものが目覚めるのかもしれない。お台飯の尽きるときまで、風の音や身体のなかの声に耳を澄ませながら、ゆるりと生きるとしよう。

（『文芸多摩』第四号、二〇一五年一月）

死の作法

八三歳にもなると、死は、すぐかたわらにある。五年前に左大腿骨頸部を骨折して、人工骨頭が埋め込まれているが、歩行に不自由はない。目立った体調の違和があるわけでもなく、年の割には元気な方だろう。それでも気になるのは、どのような死を迎えるかということだ。

ひところ、「ピンピンコロリ」という死に方に関心が集まった。それはつまり、死の直前までぴんぴんしていて、そのあと、ころりとゆくのがいいというわけだ。お金がかからないし、人の世話にならなくても済む。私も、なるほど、と思っていた。しかし、このごろになって、そうした考えでいいのかどうか、迷うようになった。それには、きっかけがあった。

一つは、今年の五月末の同窓会でのこと。女子大卒業後、六一回めの集まりであった。出席者の中に、昨年急逝された通称「ふーさん」こと芙美子さんの娘さんがいた。ふーさんと私は、キャンパスの中の学寮で、ルームメートだったことがある。娘さんは、私たちのテーブルの席に来て座った。そして、この会に出席したのは、母のクラスメートの方たちに接して、母の往時を、ゆっくりと偲びたいのだと話した。色白の美しい人で、四〇代の後半くらいに見えた。

ふーさんは、入浴中になくなったという。いわば、突然死であった。

「お別れを言う時間もなかったんです。もっと面倒をかけてほしかった」

そう言って、娘さんは、さめざめと泣くのだった。その様子を見て、私は、遺された者の立場としては、こういうこともあるのかと思った。しかし、私の子供たちが、どんな風に考えているのか、それはわからない。

いま一つのきっかけは、家の近所にあるコミュニティーセンター発行の「さくら通信」という小さな新聞の記事だ。

「さくら通信」は、月一回の発行である。その隅っこに、「駐在所だより」という欄があって、地区の月間の事件事故発生状況が掲載されている。平成二七年六月二〇日号のその欄に、「変死（病死）二件」とあるのが目を引いた。そして、人が亡くなった場合、一一〇番通報をすると、すべて変死として扱われるという添え書きがあった。

それでは、もし私が、自宅でコロリと逝った場合、どうなるのだろう。家族が在宅していたとしても、呼び寄せるホーム・ドクターなどいない。なにしろ、持病がないのだから。すると、やはり変死者として、警察のお世話になるのだろうか。何だかぞっとする話である。かといって、わざわざ病気になって、かかりつけの医者をこしらえる気にもなれない。

もやもやしていたが、きのう、とてもきれいな夕焼けを見て、すこし吹っ切れた。梅雨の晴れ間のまだ青い空に、刷いたような横雲が幾筋もたなびき、茜色に照り映えていた。大気の中や地上の家家、木木そして私にも、その光は惜しみなく降りそそいでいた。このような夕ぐれに会いながら、死の作法などを云云している自分が滑稽に思えてきたのだ。

どうあがいても、なけなしの命なのだ。迷うことはなかろう。「いかに死ぬか」よりも、「いかに生きるか」を考えた方が愉快ではないか。

（文芸多摩合評会、二〇一五年七月）

すっぽん

シェークスピアの『マクベス』の終盤に近い第五幕第五場に、次のような台詞がある。

人生は歩く影法師、あわれな役者だ。束の間の舞台の上で、身振りよろしく動き廻っては見るものの、出場が終れば、跡形もない。（小津次郎訳）

「出場」の原文は「his hour」、「跡形もない」は、「is heard no more」である。

『マクベス』を原文で読んだのは、今から六〇年ほど昔のこと。私は、女子大の英文科の学生だった。必修科目に「劇文学」というのがあって、開講されていた中から『マクベス』を選択した。講師は、ミス・ベイレイ。フルブライト計画により、アメリカから招聘された教授だったようだ。未婚なので、敬称として「ミス」をつけた。

ミス・ベイレイは、その落ちついた物腰から、四〇代の後半に見えた。顔が小さく、金髪(染めているという噂だったが)をポニーテールにしていた。細いウエストや長い脚と相まって、まるでフランス人形のように愛らしかった。若若しい声で笑みを浮かべながら、分かりやすい英語で、ゆっくりと話した。

先生は、こう言った。『マクベス』はアクションに満ちていて、舞台にのせると、『ハムレット』より迫力があります。人物の造形や場面の転換もすぐれています……と。そして講義を終了するにあたり、各自が感銘を受けた数行を選んで、暗誦してくるように命じた。私は、冒頭に挙げた詩句を含めた一連を選んだ。

ところで、私は今、八三歳である。数年前に、左大腿骨の頸部を骨折し、人工骨頭を埋める手術をした。経過は良好で跛行もないが、以来、リハビリと運動をかねて、ウォーキングに励んでいる。外出予定があったり、余程の悪天候だったりしなければ、住まいの周辺を、小一時間は歩く。五〇〇〇歩前後だが、転倒にそなえて、杖を携行する。歩数計によれば、分速は五〇メートルそこそこだ。成人男子の分速六〇メートルには遠くおよばない。軽量ではあり、はた目には、いまにも消え入りそうな影法師のように映るかもしれない。人生の表舞台から、とうに降りて、その袖や奈落の暗がりに似たぐるりを、行き場も出番もなく、うろうろしている。もう、だれの口にも上りはしない。

歩きながら、一足ごとに死に近づいていると思うこともある。また、どこか、ほかの世界への入り口を探しているのかもしれないと考えたりする。そして二〇年ほど前、夫と二人で四国を周遊して、愛媛県内子町の内子座を見学したときのことを思い出す。

内子座は、大正の初めに建てられた本格的な芝居小屋だったが、古くなって放置され、廃屋になっていたそうだ。それが、文化財として修復保存されて、私たちが訪れた当時は、興行にも使われるようになっていた。

私たちが見学したのは興行のない日だった。座の係員は、舞台の幕を開き、灯りを全部つけて、案内してくれた。私は、小さな舞台の板を踏み、枡や桟敷のある古風な客席を見渡した。なんだか晴れがましい気分になり、役者になるのも悪くはないなあ、などと思った。

花道の七三（舞台へ三分、揚幕へ七分）のところに「すっぽん」という切穴があった。奈落に通じていて、妖怪や亡霊の出入口だという。気になって、のぞき込んでいると、そばにいた夫が私にささやいた。妖怪が適役かもしれないよ。……

夫は、四年前に亡くなった。のこされた私は、朝になって目が覚めれば、その日一日を生きねばならぬ。そしてそれらの日々が、すこやかであるようにとねがいつつ、杖をつきながら歩きつづける。まるで出場の終った影法師のように。その道の行く手に待つであろう他界への入り口は、私の場合、ひょっとすると、「すっぽん」がふさわしいのかもしれない。

(文芸多摩合評会、二〇一五年一〇月)

なすびの花

親の意見となすびの花は千に一つもむだがない。

こんなことばを、夫の母から聞いた。私たち夫婦が、上京した母といっしょに暮らすようになってからのことだ。

「なすびの花」の「なすび」は、茄子の別名である。上掲のことばについて、『故事ことわざ辞典』の一冊には、次のようにあった。

「むだ」は「あだ」と入れ替わることもあり、実を結ばない「あだ花」のこと。茄子の花が千に一つもむだなく実を結ぶように、親の意見も決してむだがない。

母が、三重県の最南端の鵜殿村から上京してきたのは、昭和三七年の秋の暮れのことだ。嫁の私は、初めての出産を控えていた。その産前産後の手助けをするためだった。母は六九歳になっていた。そのころ、私たちは、二DKの公団住宅に住み、共働きをしていた。

夫の母のきんは、明治二六年に和歌山県新宮市で生まれた。女学校を出てから、熊野川を渡って、隣りの三重県で小学校の代用教員をしていた。そして、同僚だった中道春吉に望まれて結婚した。その春吉が夫の父である。きんは、すでにバツいちで、三つほど年上だった。

春吉は三重師範を出ていて、のちに小学校の校長になったが、四八歳で病没した。尾鷲の南の南牟婁郡三木里町が最後の任地だった。昭和一八年のことだ。二人の間には子供が四人いた。

きんは、子供を連れて、早急に官舎を出なければならなかった。長女は女学校を出たばかり。その下に息子が三人いた。一番上は、すでに親もとをはなれ、伊勢の（旧制）津中学に在籍し、二年生になっていた（彼が後に、私の夫になった）。のこる二人は、まだ小学生だった。

世話人がいて、熊野川の河口に近い鵜殿村に、手ごろな借家を見つけてくれた。その辺りには江戸時代、鵜殿廻船という組織があった。そして、熊野灘を航行する物資輸送用の帆船の風待ちの港があったと言い、温暖な土地柄であった。

貯金をはたいて、いざ引越してみると、家の中の畳や建具が全部持ち去られていた。債権者のしわざだった。その家が抵当物件であることを、母は知らされていなかった。

「仕方ないさか（い）、床板の上にむしろを敷いてのう、当座をしのいだんじゃよ……」

「女世帯はなめられてのう……」

母は、くやしそうにこう言った。そして続けた。

「あんたらにも、このさき何が起こるかわからんさか（い）に、せめて尻の下ぐらいは早う自分のもんにしておかにゃのう……」

これは母親から息子夫婦に提示された「なすびの花」ではなかったのか。「尻の下」というのは「住むところ」、すなわち家と屋敷のことだ。

昭和三七年一二月に、私は長女を出産した。産休が明けたら、勤めにもどる予定だったが、その後の子育てについて、方針は立っていなかった。それを見越したように、母が言った。

「わしが子供の面倒をみてやるさか、安心して働きに出なはれ」

なすびの花が、うまく実をむすぶのを助けようとしたのであろうか。そして母は、鵜殿村の家に戻らなかった。

それから三年めの昭和四〇年二月、当時、まだ南多摩郡多摩町だった聖蹟桜ヶ丘に、ようやく土地を得た。京王電鉄が地山を開発した分譲地の一角であった。多摩ニュータウン建設計画が動き出したばかりのころだ。

その後、次女が生まれた。そして長女の幼稚園入園を機に、昭和四二年の春、多摩町に引越した。

それからしばらくして、また、母から、

「男の子を生みなはれ。そうすりゃ、あんたの女（の値打ち）が上がるというもんじゃ」

と言われた。

私は、その難事業にとり組むことになった。それを食事の管理によって、見事にやってのけた友人がいたので、助けを乞うた。そして、昭和四六年一月に長男が誕生した。

結局のところ母は、昭和六一年に九三歳で亡くなるまで、二三年余りをわが家で過ごした。ともに家づくりや子づくりに励んだ夫は、五年前に八四歳で逝ってしまった。

それにしても昔は、茄子が身近にあった。そして私も、その恵みを大いに受けて育った。畑から捥いできて、煮てよし、焼いてよし、油との相性も抜群であった。子供のころには、里親のじいさんの作る味噌汁の実に入っていた蔕（へた）が好きで、せがんでは食べたものだ。もしかしたら私は、こうした思い出に背中を押されて、母の示した「なすびの花」を、うかうかと受け入れたのかもしれない。

（文芸多摩合評会、二〇一六年四月）

富士山

富士山は、いつどのように出現したのか。そしてなぜ霊山なのか。「舛形牛玉（ますがたごおう）」という古い御札の一枚が、富士吉田市のふじさんミュージアム（元富士吉田市歴史民俗博物館）に展示されていて、それには、こう記されていた。

夫当山（ハ）人皇六代孝安天皇の御宇九十二庚申年雲霧速に晴て初めて出現す。山形穀を積聚たるに似たるに依て穀聚山と号する也。……是五穀豊穣の守護山なる事……歴然なり。又曰雲霧深くかさなるを以て陰とし晴るを以て陽とす。是陰陽和合山なり。天地和合にあらされは五穀成就成かたし、陰陽和合あらされは一子出生成難し……

かくして富士山は、万物出生五穀成就の霊山となった。そして六〇年に一度めぐってくる「庚申の年」はご縁年と呼ばれ、その年の富士登山には、格別なご利益があると考えられるようになった。登山道は参詣者でにぎわい、沿道の社で、牛玉札にあずかることができた。庚申の「申」は、猿。御札には三匹の猿が描かれ、富士山の使いとして崇められた。

それにしても孝安天皇とは、なつかしい。

私が小学校に入ったのは、昭和一三年の春。太平洋戦争がはじまったのは昭和一六年の一二月。私は小学四年生だった。そのころの教科に「国史」というのがあった。その授業の一環として、歴代の天皇を、初代から一二四代まで暗誦させられた。私も挑戦した。

「ジンム、スイゼイ、アンネイ、イトク、コウショウ、コウアン、コウレイ、コウゲン、カイカ、スジン、スイニン、ケイコウ……」

もうこの辺りで、私はお手上げ。先へ進めなかった。進む気もなかった。それでも、暗誦できた第一二代までの中に、「コウアン」つまり孝安天皇があった。古事記には、一二三歳まで生きた、とある。その天皇の「御宇九十二庚申年」に富士山は出現したというのだ。記紀伝承上の天皇とはいえ、第六代の孝安天皇の御宇は、弥生時代に入ってからのことか。稲作がはじまっていたのかもしれない。

実際には、富士山の活動は、今から七〇万年くらい前からはじまり、現在の山容に近くなったのは、およそ一万年前だと考えられている。

私と富士山との御縁は昭和四八年（一九七三年）に生じた。信仰とはかかわりがない。通勤の電車の吊り広告に誘われたのだ。そこには、「富士〇〇高原　新宿から一〇〇分」「豊かな自然をそのままに。白樺、カラ松林に広がる五〇万㎡のファミリー別荘地」とあった。別荘や山小屋に興味があったわけではない。ただ私には、父の影響で妙な不動産信仰があった。そして結局、広告の土地を、児孫のためのいささかの「美田」になれば、と思って買うことにした。所在地は、山梨県南都留郡鳴沢村字富士山。富士北麓の標高一一五〇メートルのあたりだ。郷里の父を呼んで、現場で吟味してもらい、購入する区画を決めた。そこに山小屋を建てたのは、昭和六〇年（一九八五年）。夫が定年退職した年だ。家族のレジャー・スポットにしよう、という発想であった。

夫は、山小屋が好きだった。孫を連れて、富士五合目からお中道をめぐったことがある。夫は歩きながら、道に落ちている熔岩のかけらの色や形の気に入ったのを拾ってはポケットに入れた。そして、しまいには、その重さのせいで、立往生したこともあった。八〇を越してから、夫は車の運転をやめたので、夫婦二人で電車に乗ってやってきた。その夫も、六年前に、八四歳で亡くなった。夫が亡くなってからは、息子に山小屋まで送迎を頼んで、あとは大方、私ひとりで過ごす。そして、ここで過ごした夫や家族との思い出の上に、さらに思い出を積み重ねる。

昨年の五月の連休のことだ。河口湖インターを降りて、富士スバルラインの入口近くで右に逸れ、天を突くような針葉樹の樹林帯のなかの道を走った。しばらくすると、行く手に、満開の桜が、道の両側から枝をさし交わしているトンネルの入口が見えてくる。そこに車を乗り入れ、ゆっくりとくぐっていく。そのはずだった。しかし昨年は、その花のトンネルに出会えなかった。花が終わっていたのだ。予想外だったので、がっかりした。しかし吉田口登山道の、中ノ茶屋付近に二万本ほどの群生地があり、天然記念物として保護されていると聞き、翌日、出かけてみた。しかし、花は残っていなかった。そこで目先を変え、吉田口登山道を「馬返し」まで登ってみることにした。

このあたりに咲くのは、富士桜。豆桜の別名である。根元から枝を何本も伸ばして、まるく広がる落葉小高木。樹高は、三〜八メートル。小さな花が、うつむきがちに連なって咲く。日がさすと、まるで瓔珞のように光る。風が吹くと、一輪一輪、露をふくんだ鈴のようにきらめく。

近年、復元再開された中ノ茶屋には何人かが出入りしていたが、そこから上に向かう登山道に人かげはなかった。富士スバルラインを通って五合目まで、容易に車で登れるようになって以来のことらしい。それでも二〇一三年（平成二五年）に富士山が世界遺産に登録され、この吉田口登山道もその構成要素の一つになった。中ノ茶屋から馬返しまでおよそ四キロ。ジグザグだが、車が通れるほどには整備されていた。周りに高い木はなく、見通しはよく、明るかった。

途中に、大石茶屋の跡というのがあった。奥の方に、ぐしゃりとつぶれた大きな建物があった。トタン葺きの屋根のひさしが、地面に這いつくばっていた。道をへだてた向かいに、日当たりのいい広い斜面があった。そこにはミツバツツジの群落があったというのだが、ただの草っ原になっていた。盗まれたり、枯れたりしたものらしい。それでも復元の動きがあるようで、目を凝らすと、丈の低い苗木が、まばらに植えられているのがわかった。

馬返しには駐車場があった。その先には、道を横切って太い杭が何本も打たれ、徒歩でしか登れないようになっていた。

杭の間を抜けて、整備された幅の広い段木を十数段あがると、その上に大きな石造の鳥居があった。その奥に、禊所(みそぎじょ)の遺構があった。登山者は、そこでお祓いをしてから、ご神体である富士の頂上に向かった。いうならば、この鳥居が幽明の境であった。その鳥居の手前の両側に向かい合って、合掌した猿の石像が立っている。発掘調査のおり、上半身と下半身とが、ばらばらになって見つかったのを再現したという。猿こそは富士の使いだ。

「明」すなわちこの世から、「幽」すなわちあの世へとみちびく仲介者なのだ。これが、先に述べた「牛玉札」の謂であろう。

それにしても、富士というのは不思議な山だ。そこにあるというだけで、安心感がある。うつうつとして楽しまないときも、山容を仰ぐと、目を上げて生きていこうと、気持ちが前向きになる。この三十年来、年に二、三回とは言え、山小屋に滞在して、富士山の伏流水を飲み、身に浴びて、そのふところに抱かれて過ごして来たせいかも知れない。

　ところで、わが山小屋の「美田」としての資産価値はどうなっているのだろう。管理組合の発行している「たより」によれば、どうやら下がる一方であるらしい。ある所有者は、居抜きで、ただで差し上げるという申し出をしている。私の三人の子供たちにしても、誰ひとり、欲しがってはいない。富士山の噴火が近いという情報のせいもあろう。それがなくても、あまりに奥まっている。近くに店はなく、出前やスーパーの配送からも見放されている。食料を持ち込んで自炊するしかない。テレビもない。居眠りから、ふと目覚めたときなど、あまりに静かで、もしかしたら、自分の片足が、あの世にかかっているのではないかと思ったりする。鳥が鳴き、木木の匂いが漂っている。

（文芸多摩合評会、二〇一七年五月）

無用の用

茶碗を洗っていたら、むかしのことを思い出した。それは『老子』の「無用の用」に関連していた。

いまから四〇年近く前のことだ。私は、ある私大の物理学関係の研究所で、事務職員として働いていた。創設された昭和三二年から、神田駿河台のその職場に通いはじめて、十数年が経っていた。大学紛争が終息し、教職員組合も発足していた。「無用の用」ということばが、私の前に立ちあらわれたのは、そのころのことだ。

ある日、研究所の図書室の司書のSさんが、私のところにやってきた。手には、届いたばかりらしい科学雑誌を持っていた。そして、言った。

「これに、Gさんの書いた文章がのってるの。とってもおもしろいわよ。読んでみる？」

Sさんは、四〇代の半ばで、私と同い年だった。若いときに夫に先立たれ、一女を抱えて再婚して間がなかった。

原稿用紙にすると一〇枚くらいのGさんの文章は、『老子』から「玄の又玄」や「無用の用」の思想を引いて、物理学の基礎研究へと論を広げていた。なめらかで読みやすく、みごとな随想になっていた。雑誌は岩波の『科学』だったような気がする。

Sさんも私も、『老子』など読んだことがなかった。しかし、素粒子論物理学者のGさんが、『老子』を種に一文を草したということの意外性におどろいていた。少しわからないところもあった。そこで、二人して、Gさんの講釈を聞こうということになった。

Gさんは、研究所の教授であった。私たちより二つ三つ年上だった。東大の物理学科出身のかの不破哲三と同じ世代であった。そんな教授を事務職員のわれわれは、「さん」づけで呼んでいた。

これは大学紛争の前のことだったと思うが、封建的な国立大学では、頭の古い教授らの間では、大学の事務職員などというのは、犬畜生と同じだと考えられていたらしい。

そんな記事を、週刊誌で読んだ。しかし、私のいた研究所では、学生の前ならともかく、教員も職員も互いに、「さん」付けで呼び合うというルールが、創設時に決められていた。違反すれば、罰金をとられた。つまり、いたく民主的な職場だったのである。研究所を創設するに当たって、その私大の経営者が主導をたのんだのは、湯川秀樹氏だった。氏はすでに、ラッセル＝アインシュタイン声明に署名し、パグウォッシュ会議を立ち上げていた。研究スタッフは、公募で選ばれ、応募者のなかには、民科（民主主義科学者協会）の会員やシンパもいたようだ。

昼休みに、Sさんと私は、G教授に図書室に来てもらうことにした。

G教授は、何だか嬉しそうに、終始、にこやかな面持ちで話した。『老子』に親しんだのは父親の影響で、中学生（旧制）のころからだと言った。そして手ぶりを加え、「無用の用」について語った。

「茶碗というのは、からっぽのとき、深いくぼみに空気しか入ってないよね。一見、何の働きもしていないみたいだ。しかし、ものを入れるとき、〈からっぽ〉、つまり何もないということが用をなすのさ。だから〈ない〉ってことは、〈役立たず〉ってことじゃないんだ。〈ない〉から役に立つとも言える。無があってこそ有がある。いうならば、形なきもののかたちを見て、声なきものの声を聞くことが大事、ということかな」

この言説を聞いて、おさらいをしようとして手に入れたのかどうか、今となっては確かめようもないが、八〇代半ばの近ごろになって、私の本棚の奥の方から『老子』が出てきた。福永光司著の文庫本で上下に分かれていた。奥付によれば、それぞれ、昭和五八年と昭和五三年の発刊だった。「無用の用」についての記述は上、つまり上篇の第一一章にあった。著者の訳解は、このようになっている。

三十輻、一轂を共にす。其の無なるに当って車の用あり。埴を埏ねて以て器を為る。其の無なるに当って器の用あり。戸牖を鑿って以て室を為る。その無なるに当って室の用あり。故に有の以て利を為すは、無の以て用を為せばなり。

三十本の輻が一つの轂に集まっている。轂の真ん中の穴になったところに車の動くはたらきがある。

粘土をこねて陶器を作る。陶器のなかの空っぽの部分に物を容れる使いみちがある。

戸や牖（まど）をくりぬいて其の奥に居室を作る。その何もない空間に部屋としての用途がある。

だから結論をいえばこうだ。

すべて形有るものが役に立つのは、形無きものがそれを支える役割を果たしているからだ。


読めば読むほど深遠玄妙で、頭に霧がかかったようになる。年のせいだろうか。そして、次のように思うのは、牽強付会だろうか。

八五にもなると、めざましいことは何も起こらない。身の内の心を奥の方まで覗いてみても、がらんどうで、何も働いてはいない。しかし、むかしのことを思い出すときには、ほんのいっとき、光がさすような気がする。一文をなす助けにもなる。私のがらんどうの心が、思い出の受け皿になっているのか。


（文芸多摩合評会、二〇一七年八月、「『老子』―無用の用」改題）

遺失物

「遺失物」とは、法律上、〈占有者の意思に基づかないでその所持を離れた物で、盗品でない物＝広辞苑＝〉を指すらしい。そして落し主と拾い主の上に、民法や刑法、遺失物法などによって、さまざまな法の網が掛けられている。

この九月、京王相模原線の永山駅のあたりで杖をなくした。それに気づいたのは、帰宅するために乗ったミニバスを降りるときだった。永山駅発、地蔵堂行のバスを、桜ヶ丘一丁目で降りようとしたら、杖がない。バスの中を見回したが見当たらず、そのまま降りて家に帰った。いったい、どこでなくしたのか。

永山グリナードで買い物を済ませたときまではあった。杖をカートにかけたままにして忘れたこともあったので、気をつけていた。

カートを返して、スーパーを出た。少し歩いて、交番の横の石段をのぼり、左に折れて、バス停に向かった。合わせて、二〇〇メートルそこその距離だ。その間、私はどこにも寄らなかった。しかし、バス停の手前で、道ばたのベンチに座った。交番の近くだ。私がそこで、手荷物の重いものをリュックに移していたら、その向かい側に、ベビーカーを押した若い母親がやってきた。ベビーカーには、生後半年くらいの男の子が乗っていて、首をつよく振りながら、ぐずっていた。その顔は、まぎれもなく日本人なのに、金髪をいただいていた。縮れてはおらず、七三に分けて、きれいになでつけられ、まるでからくり人形の頭のようだった。私は尋ねた。

「お子さんの髪は、お母様がお染めになっているのですか。ずいぶんとおきれいですね」

「いえ、ネイティヴ（生まれつき）なんです。混血です」

繊細な髪には絹糸のような光沢があった。しばらく見とれていたが、バスが来たので、乗場に向かった。そのときベンチのあたりに、杖を置きざりにしたのか。

自宅に帰りついてすぐ、バスの会社と交番に電話をした。しかし、どちらにも届いていなかった。

バス会社の対応は、次のようなものだった。

「ミニバスは循環してますから、降りたバス停に行って待っていれば、また同じバスが回って来ますよ。運転手にたのんで、もう一度調べさせてもらったらどうですか」

そういえば、私はバスに乗り込んでから、一度、席を移動した。はじめに座っていた席のあたりを調べさせてもらおう。

バス停にもどり、待機していて調べさせてもらったが、杖はなかった。そして、遠い昔のことを思い出した。今から半世紀近くも前のことだ。


私はその日、小学校六年生の長女が、私立中学校の入試の模擬試験を受けるというので、付き添っていった。長女が、近所の同級生に誘われたのだ。季節は春か秋か。会場はたしか拓殖大学。地下鉄丸の内線を茗荷谷駅で降りた。そのとき私は、電車の網棚に、手提げを置き忘れた。長女のベストが入っていた。あざやかなブルーのぼかしの太い毛糸で編まれた、うっとりするほどの色合いで、長女のお気に入りだった。

私は、駅の遺失物係のもとに走った。すると係が、こう言った。

「丸の内線は折り返し運転をしていますから、戻ってきたら、ホームの同じ位置に、同じ車両が停まります。それを待ったらどうですか」

そして、電車の到着時間を教えてくれた。

ホームに上がって、待っていたら、電車が入って来た。網棚には、私の手提げがあった。


さて、話をもとにもどそう。つぎは、永山の交番の対応である。

帰宅後すぐの電話では、

「今のところは届いていませんが、これから届くこともあるので、明朝もう一度、電話をしてください」

ということだった。

翌朝九時ごろ、また電話をした。届いていないという。しかし夜間の拾得物は、翌朝早く、本署に回ってしまうので、記録にはないけれど、念のため、そちらに連絡してみたらどうか、と言う。そして、

「多摩中央警察署の機械係受付ですよ」

と念を押して、電話番号を教えてくれた。なぜ機械係なのか、よくわからなかったが、さっそく電話をして、「持ち手のところに、黄色のほそい縞の入った緑色のハンカチを結びつけた古い杖ですが」と話した。すると、電話を受けた中年らしい男性が、

「いま、私の目の前にあります」

と言った。何だか、声が弾んでいた。そして付け加えた。

「拾得は、今朝の七時半。永山駅近くの路上だそうです。拾得者は、報酬を要求してはおられません」

私はバスに乗って、いそいそと多摩中央警察署に向かった。お礼にと、いただきもののタオルを二枚用意していった。


私が杖をなくすのは、いつものことだ。海外旅行に出かけて、仁川(インチョン)やリスボンの空港のトイレに忘れて、あわてて取りにもどったこともある。

永山にある大学付属病院では、病院の会計の前の所定の場所に立てかけておいた杖がなくなった。代わりに、よく似た真新しい杖が残されていたが、それを持ち帰るわけにはいかない。窓口の若い女性が、ちょっと心当たりがあると言った。お年寄りの男性が、

自分の新しい杖と私の〈使い古した〉杖とを取り違えていったのかもしれない、と。そしてカルテから、その人物を特定して、電話で連絡した。女性の判断は正しかった。やがて、老人の通院に同行していたらしい息子さんが、杖を取り替えに現れた。私はそれまで一時間近く、ただひたすらに杖を待った。何の変哲もない栗色の、はげちょろけの杖の到着を待っていた。

二年ほど前の夏には、こんなこともあった。

富士北麓鳴沢村の山小屋から、トンネルを抜け、山越えをして、甲府に向かった。そこにある文学館を訪ねて、「芥川龍之介の夏休み」という展示を見るためだった。

展示室の受付には、黒衣の中年女性が控えていて、私が杖を携行しているのを見て、こう言い放った。

「その杖を、会場で振り回さないで下さい」

私は、呆然として聞き流したが、身も心もすっかり萎えてしまった。

展示室に入ると、黒衣の女性がもう一人、壁に張り付いていた。美術館などに常駐している看視スタッフのような存在なのだろうか。しかし、部屋が狭いので、いやに目立った。通路には、小学校高学年らしい女の子がうずくまって、何かを記録していた。夏休みの自由研究のためだろうか。展示は、一〇代の「芥川龍之介の夏休み」を主題にしていた。水泳や徒歩旅行、山登りなどに興じた様子が、手紙、日記、写真、遺品などを通じて浮かびあがっていた。

私は、杖を携行するのを特権だとは思っていない。また、受付の女性にしてみれば、マニュアルどおりの言動だったのかもしれない。しかし、ややデリカシーに欠けていたような気もする。杖と私にとっては、受難のひとときではあった。

私と杖とのご縁は、次のようにはじまった。

平成二二年の二月末のある夜、裏口を出ようとして転び、左大腿骨頸部を骨折した。手術をして、人工骨頭を挿入した。その折、病院でリハビリを担当してくれたお嬢さんの紹介で、(折り畳み式ではない)杖を購入した。二五〇〇円だった。予後がよくて、跛行もないが、転倒を防ぐため、外出時には杖を携行するようすすめられ、もう七年になる。

「人工骨頭の入っていない右脚の方が、弱くなっていますからね」

とも言われた。

夫は、私が骨折した次の年、平成二三年に、八四歳で他界した。いうならば、今の私は、齢八五を数える未亡人である。その私の近ごろの伴侶は、この傷だらけの杖なのかもしれない。見放されたり、見出されたり、さまざまな遍歴を経ながらも、飽きもせず、私に寄り添っている。この杖がこの世にあるかぎり、遺失物の憂き目をみるようなことがあったら、私は、どこまでも追いかけて、探し出さねばならない。

（文芸多摩合評会、二〇一七年一一月）

好藷好日

「甘藷」すなわち「さつまいも」。白川静の『常用字解』によれば、「藷」という字にふくまれる「者」に、「たくわえる」という意味があるのだという。さつまいもはヒルガオ科の蔓性植物で、地を這いつつ、根もとに近い葉のつけ根から地下に根を下ろす。そしてその先に、よく肥った「塊根」をいくつもつけて、養分をたくわえる。それが「藷」である。食物繊維が多く、ビタミン類も豊富だというので、今日では、健康食品のひとつになっている。

原産地は、メキシコの中部あたりからグアテマラにかけての暖温帯地方。紀元前三〇〇〇年ころから栽培されていたようだ。それをヨーロッパに持ち込んだのはコロンブス。スペインのイサベラ女王に捧げた。一五世紀末のことらしい。それからゆっくりと時間をかけて、ヨーロッパ、アフリカ、アジアへと広がった。中国から宮古島を経て、日本の薩摩や長崎に上陸したのは一七世紀の初めだという。救荒作物として脚光を浴び、江戸や関東に根づいたのは一八世紀。八代将軍吉宗と青木昆陽のコラボがあった。そして江戸時代の末には、東北地方にまで栽培が普及した。

私は、昭和七年に岐阜県の大垣市で生まれ、生後間もなく、里子に出された。里親のじいさんは、百姓家の長男だったが、農業をきらって、家を捨てたと聞いた。それでも、私の父の所有地を、頼まれてたがやし、立派な畑にした。そして畑に出るときは、いつも私を荷車にのせて連れて行った。作物のなかに、さつまいもがあった。私は勇んで、いも掘りを手伝った。泥まみれになり、鼻水をたらして、着物の袖口で何度も拭った。

小学校四年生の秋、生家に帰ったが、その年の暮れに、太平洋戦争がはじまった。昭和一九年四月、女学校（旧制）に入学した。そして翌年の六月から勤労動員にかり出され、工場で働いた。米軍の空襲がはげしくなり、校庭には防空壕が掘られ、グラウンドは、一面のさつまいも畑になった。

さつまいもは代用食になった。ガソリンが不足していたので、航空機の燃料にするアルコールを製造する原料にもされた。自動車は、木炭を焚いて走った。

昭和が過ぎ、平成も終わり、私は八七歳になった。そしてこのところ、焼きいもをさかんに作っている。眈るとまではいかないが、月に三回くらいは焼く。お隣りにさし上げたり、娘夫婦が来れば、あつあつをすすめたりする。のこれば、冷凍保存しておく。短時間の解凍で、スイーツにもなる。材料のさつまいもさえ選べば、やりそこなうことはない。

六五歳で定年退職してからしばらく、府中の美容院のお世話になった。ある寒い日の帰り道、府中駅の近くのコンビニで、焼きいもが売られているのに気づいた。一本一〇〇円。お酒の徳利ほどの大きさだった。三本ほど包んでもらって、熱いのを抱いて帰った。いもの品種はわからなかったが、ねっとり系で、十分に甘かった。そのうち、美容院の店長が亡くなり、府中に行かなくなった。

やがて、私の家の最寄り駅の一角にあるスーパーでも、焼きいもを焼いて売るようになった。府中のコンビニのものより少し大きかったが、一本三〇〇円と、高かった。甘味のつよいねっとり系だった。若い男性の店員に、品種をたずねると、「うちは、〈紅はるか〉以外は使いません」と、何だか得意そうだった。

ウォーキングの途中、鎌倉街道で一度だけ、屋台を引いた焼きいも屋に出会った。小学生らしい男の子が先客だった。私もつられて買ったところ、三本で一〇〇〇円とられた。屋台は、私が子供のころに見なれていたそれとは、だいぶ違っていた。「九里(くり)四里(より)うまい十三里」などと書いた行灯は掛かっておらず、その代わり軒先に、造花やモールで派手に飾りつけがしてあった。屋台を引くおじさんは、六〇そこそこにみえたが、まるでカーニバルにでも行ってきたような出立ちであった。山高帽をかぶってカイゼル髭をつけ、詰襟のシャツにニッカーボッカー。そして、足には編み上げの靴。さらに腰回りや首には、太くてカラフルなモールを、ゆるりと巻きつけていた。そのおじさんから買った焼きいもの味は〈川越いも〉に似ていた。「ねっとり」と「ほくほく」の中間くらいで、甘さもほどほどであった。大きめで、端正な紡錘形だった。中は、濃い卵色。

私が、焼きいもを自分でつくるようになったのは、あるきっかけからだ。

一〇年ほど前に、システムキッチンの取替え工事を行った。あたらしい機種には、オーブンと電子レンジの機能を合わせ持つコンビネーションレンジが内蔵（＝ビルトイン）されていたのに、なかなか使う気にはなれなかった。取説（トリセツ）を読むのが面倒だったし、材料を出し入れするとき、ちょっと腰をかがめなければならないのがおっくうであった。いきおい、三〇年あまりも前から使いつづけてきた古参の電子レンジを頼ることになった。そのレンジは、便利で多機能で、たった一回の操作で、ロースト・チキンだって作れた。けれど、今から二年ほど前から、様子がおかしくなり、しまいには、たたいても揺すっても、作動しなくなった。もう、あたらしい方に乗りかえるほかはなかった。

あるとき、システムキッチンのコンビネーションレンジ用のクッキング・ブックを見ていたら、終わりの方に「野菜の焼き物三種」というページがあり、そこに、〈焼きイモ〉が紹介されていた。読んでみると、わりあい簡単そうだったので、レシピ通りにやってみた。

洗ったさつまいも（二〇〇グラムくらいのもの）を丸のまま、角網をのせたオーブン皿の上に並べる。高速オーブンを、二五〇度と三五分に設定して、スタートキーを押す。皮を焦がしたくなければ、アルミ箔に包んで焼く。

この通りにやってみたら、みごとな焼きいもができあがった。達成感があり、その辺で買ったのよりずっとおいしかった。材料のさつまいもは、ねっとり系の〈紅はるか〉、ほくほく系の〈安納いも〉、しっとり系の〈シルク・スイート〉などが、おすすめだ。あとで読もうと取っておいた新聞を開いたら、端っこに、「とれたて菜時記」という囲み記事があった。主題は、〈シルク・スイート〉。それには、こんな風に書かれていた。

サツマイモも品種で選べる時代になった。……近年、話題なのは、しっとり系の「シルク・スイート」だ。

その名の通り、絹のようになめらかな食感は、裏ごししたのかと思うほど。「口に残るような繊維がないので、離乳食にもぴったりです。冷めても黄金色がかわらないのも魅力ですね」と話すのは、関東の大産地、千葉県成田市のサツマイモ農家・植松和孝さん(三二歳)……

そして、写真の植松さんが掲げている〈シルク・スイート〉は、とても大きくて太く、彼の腕ほどもありそうに見えた。新聞は、二〇一八年一〇月二七日(土)付であった。

私が〈シルク・スイート〉を見つけたのは、この記事の掲載された日よりかなり前のことだ。多摩永山のスーパーの入口の八百屋で、少年のちんぽこぐらいのを、数本まとめて袋に詰めて、売っていた。規格外のお徳用品らしく、一袋一五〇円であった。安いのは何よりだったし、「シルク・スイート」という品種名のサ行音が何だか心地よくて、三袋も買った。それをアルミ箔にくるんで焼いたら、まるでスイート・ポテトのような味わいであった。

近ごろは、生協で、焼きいも用の黒ホイルを扱うようになった。片面が黒くて、「熱吸収がよく、時短にもなる」というのだ。かくして私は、相変わらず焼きいもを焼き、店には、さらにあたらしい品種の甘藷が登場して、アピールをつづける。たとえば、〈マロン・ゴールド〉、〈ひめあやか〉、そして〈パープル・スイート・ロード〉。それらにあらためて、〈五郎島金時〉が加わったりしている。

表題の「好藷好日」は、次の一句から借りた。

好藷あり好日とこそ言ふべけれ

水原秋桜子門の相生垣瓜人（あいおいがきかじん）（一八九八～一九八五）の作である。

（文芸多摩合評会、二〇一九年五月）

行不由徑

表題は「行くに徑(こみち)に由(よ)らず」と読み下す。『論語』のなかの一節である。このことばの所以(ゆえん)を、岩波文庫の訳注その他を参考にして記せば、次のようなことだ。

孔子の高弟の子游が、武城の宰（長官）になった。孔子が子遊に尋ねた。

「汝、人を得たりや」

これに対して子游は、澹臺滅明(たんだいめつめい)という者がいて、彼は、「行くに徑に由らず、云々」と答えたのだ。

つまり、子游の得た人物は、いつも天下の大道(だいどう)を歩み、決してわき道、細道、近道を通らない公正な人物だというのが、真意らしい。

「行くに徑に由らず」ということばを、はじめて聞いたのは、六十数年も前のことだ。昭和三〇年（一九五五年）四月に、三重県熊野市所在の県立木本（きのもと）高校に、英語科教諭として赴任した。二三歳だった。熊野灘に面した風光明媚な土地柄だったが、下車駅の紀伊木本（現在は熊野市駅）は、天王寺発の紀勢西線の終点で、給料には僻地手当がついた。

新任の私に与えられた職務は、高一、高二普通科の英語の授業と、生徒会顧問の補助というものだった。生徒会顧問はM先生。そして職員室での私の席は、M先生の隣に用意されていた。M先生は、色の浅黒い、どっしりした体格の大丈夫で、神宮皇學館大學の出身と聞いた。年のころは、五〇代に入ったばかりだったろうか。

ある放課後、生徒会の副会長をつとめる高二のY君が、思いつめた表情で、M先生の所にやって来た。その事情は、私にはよくわからなかったけれど、生徒会をめぐって、何かいざこざでもあったのだろうか。Y君は、私が授業を受け持っているクラスの生徒だった。

話し合いが終わったところで、M先生がY君にこう言った。

「『行くに徑に由らず』ということばがあるんだよ。細かいことを気にせず、大道を行くがいい。弱気になるな！」

Y君はこれを聞くと、背筋をまっすぐに伸ばして、

「わかりました」

と答え、一礼をして退出した。先生はそれを見送ると、にっこりして、

「かわいいもんですよ」

などと言った。

私は、教師になって三年めの夏にまた上京して、別の仕事についた。結婚して、三人の子を得た。仕事は続けていた。そして四〇代になってから、随筆などを書きはじめた。おまけに、短歌の実作にも手を染め、せっせと、海外旅行に出かけた。行先は、キューバ、グアテマラ、メキシコ、そしてインドネシア。平成二三年（二〇一一年）に夫が亡くなり、そのあとのカンボジア、ボルネオは一人旅。いわば、好んでわき道や細道に迷いこむような日日を送っていた。そしてそのころ、冒頭に挙げた「行くに徑に由らず」ということばの所以を知った。そしてまた、今になって、このことばを持ち出す気になったのはなぜか。

今年（二〇二二年）の二月、私は九〇歳になった。地球上の国国にコロナ禍がおおいかぶさって、やがて三年になる。外出を控え、人に会うことも人を迎えることも少なくなった。そんな中でも、家の近くを歩いたり、バスに乗って買いものに出かけたりはする。テレワークで在宅の息子の賄いも、しなくてはならない。そんな暮らしの中で、ここ一年くらい、道でつまずいて、たわいない転び方をするようになった。ほんの少しの段差や敷石の溝に足をとられたものらしい。杖はついている。杖を持たない方の手に、何か持っているときが多い。額を打ちつけたり、胸を強打したときもある。膝を打って、歩けなくなったこともあった。そんな時には、ケータイでタクシーを呼んで、整形外科に乗り付けた。

五月の連休には、息子と車で富士北麓の鳴沢村の山小屋に出かけたが、そこでもまた、転んだ。庭に張り出した木製のベランダに出たとたんに滑った。そして左のお尻のあたりを強く打った。その辺りを打つのは、実は、私にとっては剣呑なのだ。一〇年ほど前に、左大腿骨頸部を骨折して、人工骨頭が埋まっている。富士吉田まで降りて、整形外科の休日診療を受けた。大事にはいたらず、ほっとしたが、すっかり弱気になった。

息子は、四日の夕方に多摩市の自宅に帰った。七日の夜に迎えにくる。その間、私は一人で寝起きする。そして散歩三昧ということになる。しかし、転倒の心配があるので、なるべく人通りや車の通行の多い大通りを歩くことにした。もしもの場合、目につき易いというわけだ。こんな話を聞いたことがあった。私より五つほど若い女友だちが、大通りから少し入った路上でころび、失神してしまった。発見され救助されたのは、二時間後だったというものだ。その間に、ケータイがなくなっていたらしい。

そんなこともあって私は、心ならずも大通りを歩くことにしたのだ。これまでは、崖っぷちや林の中の遊歩道などを選んで歩いていたのに。そしてそのとき、ふと浮かんだのが「行くに徑に由らず」ということばだった。事実上は「由らず」ではなく、「由れず」というところだろう。いずれにしろ、こうしたとらえ方は、論語の本意から外れている、と言われても仕方がない。

あとで分かったことだが、私のたびたびの転倒には、コロナ禍が大きくかかわっていた。

コロナ禍が蔓延してから、よく転ぶようになった上に、重症の寝違いまで起こした。

朝、目ざめると、首や肩がこわばって、身じろぎも出来なかった。そのとき、近くの鍼灸院のお世話になったが、五十恰好の院長が、私の急な体の変調の原因を解き明かしてくれた。老衰だけではないというのだ。

私には半世紀ほどのマッサージ歴があった。仕事と家庭を両立させていたせいか、私は慢性的な肩こりに悩まされていた。

職場の友人から紹介されたマッサージの先生のもとに、勤めの帰りなどに寄った。私は四〇そこそこ、先生は三〇そこそこで新婚だった。口は悪いが、腕は確かだという評判であった。

平成九年に定年退職をしたが、そのあとも、ときどき通った。そして、一〇年ほど前の大腿骨頸部の骨折のあとは、先生が都心から、多摩市の拙宅まで、電車に乗って往診してくださった。つまり、月に一度のマッサージ治療を受けていたのだ。そこへ降って湧いたのが、コロナ禍である。先生が、来るのを遠慮されたり、私が断ったりして、いつの間にか治療が、二年近くも途絶えてしまっていた。先生は細身で溌剌としておられ、老いを感じさせるようなところはなかったけれど、ある日、こんな電話をもらった。

「僕も、もう八〇を越したことだし、コロナのこともあるし、自宅での診療も含めて、全部やめようかと思ってるんだ……」

新しくお世話になった鍼灸院の院長は、こんな風に話された。

「月一回の治療を続けていたことで、体力に余裕があったんですよ。それが中断したために、不調が起きはじめたのだと思いますよ」

以来、私はその院長の鍼灸院へ、二週間に一回通って、全身のマッサージ治療を受けている。そのおかげか、転ぶことはなくなった。それでもウォーキングに出れば、万一の場合を考えて、やむなく大道を歩く。

（文芸多摩合評会、二〇二二年九月）

幻の地図

（小川国夫）

小川国夫氏のサイン

「逸民」をめぐる推理

小川国夫さんの「逸民」は、昭和六一年に第一三回川端康成文学賞を受賞した短編小説である。文芸誌『新潮』の昭和六〇年九月号に掲載された。私が「逸民」の受賞を知ったのは、昭和六一年五月の初めであった。朝刊に載った記事を読んだ。ちょうどそのころ、私も加わっていた東京の「小川国夫氏を囲む会」では、平泉への一泊旅行が具体化していた。会員の一人であったK氏が、東京から転勤されて、しばらく前から一関市に在住しておられたのを当てにしたのだ。現地での旅館やマイクロバスなどの手配は、K氏が引き受けて下さった。五月一〇日土曜日が出発の予定日であった。

年に二回ほど計画される「囲む会」の旅行に、私はそれまで参加したことがなかった。家には年寄りがいたし、入れ替わり立ち替わり受験期を迎える子供たちへの配慮もあった。その上に私は勤めを持っていた。けれど小川さんの一言で心が動いた。小川さんはこう言われた。

「中道さんの本の合評会もかねよう」

私はその四月の末に、二冊目の随筆集『海は光にみちて―ギリシアからイスタンブールへ』を日本随筆家協会から上梓したばかりであった。その序文は小川さんにお願いして書いてもらった。小川さんのことばを口実に家族を口説いた節もあるが、とにかくその旅行に参加できることになった。そして出発の何日か前に「逸民」の受賞が発表され、ごく自然に、小川さんの受賞をお祝いする旅ともなった。東京の「囲む会」は、発足して一〇年近くになっていた。私も古参のなかの一員であった。

出発の当日は、渋谷の東急プラザで小川さんの聖書の講座のある日だった。午後一時から始まって、午後三時に終わることになっていた。したがって、四時過ぎの東北新幹線には十分に間に合うはずであった。しかし、ホームに立って待つ私たちの前に小川さんが現れたのは、発車のベルが鳴り響いているときだった。後ろから小川さんを押すようにしてやってきた会員の話によれば、講座のあとの質疑応答に時間を取られてしまい、タクシーの方が速いだろうと乗ったら、首都高速が込んでいたのだという。

小川さんは小さなボストンバッグを抱えておられた。

「石が入っているみたいに重いんだ、どこかへ置いてきちゃあ、たいへんだし……」

小川さんは走ろうにも走れなかったということらしい。息が弾み、顔色はあまりよくなかった。寝不足なのかもしれないと思った。バッグの中にあるのは、小沢書店から近く出版予定の随想集、『流木集』の校正刷だという。

発車してからしばらくは、みんなが静かにしていた。小川さんが眠っておられたのだ。

窓の外には水張り田が広がり、風が渡っているのか、さざ波がしきりに生まれていた。夕日に照らされた水面は、あかあかと火むら立ち、燎原の火が燃え広がるのに似ていた。その火むらは列車の進行につきしたがって、まるで炎の扇を広げるように先へ先へと移動し続けた。やがて遠い山並みの向こうに、日は沈んだ。暮色が迫り、車内の灯りが目立ちはじめた。少し離れた席で、目の覚めた小川さんを中にして、話が弾んでいた。

席をかわって、私が小川さんと向かい合った席に座る番になり、話はオリエント急行のことになった。私の『海は光にみちて―ギリシアからイスタンブールへ』は、ギリシアからトルコへとエーゲ海沿いの古代都市や遺跡を訪れた旅の紀行であった。

「イスタンブールにはオリエント急行の始発駅があるのに、そこへは寄る暇がなくて……それが心残りで……」

「今も走ってるの？」

「そのようです。ドイツへ出稼ぎに行く人たちが利用すると聞きました。『オリエント急行殺人事件』の舞台に使われているような豪華車両ではなくて、各駅停車とか……」

「アガサ・クリスティのご主人は考古学者で実際にトルコの発掘をやったそうだ」

「そうですってね。……『オリエント急行殺人事件』を読んで、オリエント急行に、とても興味を持ったんです。……作品自体はあまり好きになれませんでしたけど」

「どうして？」

「どこかフェアじゃないんですよ。復讐のために殺人をするなんて……。〈共同体の平和を乱すものは殺してしまえ〉っていうのは、旧約聖書の世界みたいです」

「同じ作者の『アクロイド殺人事件』を読んだことある？　おもしろいよ。語り手が犯人だという意表をついた設定なんだ……」

「帰ったら、早速読んでみます」


その年の秋、「逸民」は単行本になった。しばらくしてからのこと、信濃町の真正会館での「囲む会」の席で、私はこんな発言をしていた。

「『逸民』を推理小説として読むことはできないでしょうか。池の鶩鳥を皆殺しにした犯人は、語り手、つまり柚木浩だという推理ですが……」

柚木浩は七割五分がた作者であると、小川さんが言われたのを、だいぶ以前に聞いたことがある。それを考慮に入れた上の発言であるとすれば、挑発だと思われても仕方がなかった。先日の旅行のときの電車の中の小川さんのことばに刺激されて、『アクロイド殺人事件』を読んだことが影響したのかも知れない。小川さんは少し鼻白んだ調子で、

「ずいぶん勝手な読み方をするんだなあ」

と、言われた。私は後ろの方の席にいたので、その表情まで見ることはできなかったけれど、「そういうのは困るよ」といった気配が感じられた。

小川さんは、「手紙」という文章に書いている。「作者も読者のように推理している。推理することが書くことだ。なぜなら、どんな事実も〈知りたいか、それなら教えない〉という外観を示しているのだから」と。

小川さんは鶩鳥殺しの犯人を明かしてはいないから、作品の享受者である私は、自分の個人的な理解を投射して、叙述の空白部分を補完しようとする。そして柚木浩は、下

手人ではないにしても、犯人にもっとも近いと推理するのだ。

「逸民」には五人の男が登場する。その一人が柚木浩、つまり「私」である。池の周囲を散歩する「私」を軸にした交流のなかに、ある日、鶩鳥の集団死というむごい事件がまぎれ込む。死因はよくわからない。五人と鶩鳥とのかかわりを検証してみる。

堤肇―散歩歴一〇年の年金生活者。一三年前にこの町に来た。福岡県出身。池の鶩鳥は、人間に怯えて集団自殺したのだと分析する。柚木浩の作品をいくつか読んでいる。

二〇代後半の青年―ジョギングの途中で、女竹を握り、つっかかってくる鶩鳥と渡り合っていたことがある。意外に真剣で、唇からは血の気が引き、眼だけが濡れて光っていた。そしてこう言った。――あの鳥は邪魔になってたまらん。消そうかなあ。

知り合いの老人―自転車に乗って池にやってくる。パン屑をビニール袋に入れて提げてきて、鳥にやったりする。

河北由太郎―マラソン走者。えさを独り占めにする傲慢な鶩鳥を蹴った。鶩鳥がパンからしめ出され、孤立して、空に向って嘴をあげて鳴くまで許さなかった。

柚木浩―小説家。散歩歴二年半。六〇歳くらい。ここで生まれ、この近所にずっと住んでいる。池のほとりを通って中学校にかよった。鷭に攻撃されたことがある。鷭もあひるもおしどりも、好きではない。在来の野鳥――鴨やくいな、かいつぶりなどに惹かれ過ぎている。鷭が自殺したなどと思っているわけではない。どんなふうにして殺されたものか、知ってみたい気持ちもなくはない。

山本健吉は、川端康成文学賞の選評に次のように書いている。

（鷭）を誰が殺したのか分からないし、誰でもその可能性がありそうで、最後まで分からない。……「逸民」たちの生活にも、いつテロ行為をも起こしかねない断層があって、因果のたどりきれない霧のようなものが立ち籠めている。

この文章を頭に入れて、小川さんの「受賞の言葉」を読んでみよう。

身近な二、三の人たちのスケッチをペンで描いたために、それが池に落ちて滲んでしまった。逸民の逸は、失われた輪郭線の意に解してもらえないだろうか。さて、輪郭線を失った人物たちに、曖昧にまつわっているインクは、この場合、見きわめきれない夢だ。それも時代のせいか性質のせいかヤクのせいか、毒気を含んだ夢で、彼らはそれを追うのではなく、それに追われている。せっせと歩くのは、逃げきろうという願いに似ている。

毒気を含んだ夢に、もっともはげしく追われているのは柚木浩であろう。それは彼が他の人たちの夢と結び合ってしまったことから起きている。そして、犯人としてもっとも疑わしく見えるジョギングの青年を、次のように描いて「逸民」を終わっている。

彼は無垢な様子をしている。……意気ごんでいるのか、眼が一瞬輝く。その眼に彼のありのままがあらわれているが、それが何か、眩しい気がして私には読み取れない。

「眩しい」とは、憧れであろう。「読み取れない」とは読み取ることの断念であろう。この最後の一行で、柚木浩は青年と合体している。

（『青銅時代』第四二号、二〇〇〇年秋）

プロの作家として——小川国夫氏追悼記

先日、調べものをするために図書館に行った。書架の本を見てまわっていたら、『吉本隆明　宗教論争　小川国夫』（小沢書店）という背表紙が目にとまった。引き出してみると、対談集だった。目次の内容に見覚えがあったが、とりあえず借りて帰った。

巻頭にあったのは、「家・隣人・故郷」である。『文芸』の昭和四六年一〇月号に掲載されたものだ。集英社から出た『かくて耳開け』で読んだことがあった。三〇年くらい前のことだ。あらためて読んでみると、プロとして歩むことを選択した小川氏の苦渋にみちた肉声がひびいている。手の内を見せてなまなましく、ういういしい。酒のいきおいを借りて、「われを忘れ」て喋りつづけた結果であった。

小川氏は、何をいかに書くか、ということで、終生、苦しんだ。その苦しみは、神の試みに似ていた。そしてヨブ記のヨブに心を寄せた。

一〇年ほど前のことだ。アメリカからスティーヴン・キングというミステリー作家が来日して、その講演の模様がテレビで放映された。そのなかでキング氏は、あたらしい作品を書こうとタイプライターに向う時がいちばん楽しい、と語っていた。そのことを、「囲む会」の席上で小川氏に話したら、「僕は苦しいだけだよ」と言って、顔を曇らせた。

一昨年、大腿骨骨折からは回復されてはいたものの、なきがらのように痩せた小川氏が、「日本の詩祭二〇〇六」（日本現代詩人会主催）に招かれて、講演をした。それを、日暮里のホテルに出かけて聴いた。主としてシチリアの話だった。エトナ山の火口に投身して死んだというエンペドクレスについて語り、講演をつぎのように結んだ。

「肉体などどうでもいい。自分などどなくなってもいい。ただ、文学が生きて働くかすかな器に変身できたら……」と。


（『青銅時代』第四八号、二〇〇八年春）

小川国夫と丹羽正の間

次のような文面のはがきが、小川国夫氏から届いたのは昭和五四年七月の末であった。

お手紙拝見いたしました。小木曽さんという方のお世話で九月に小さな会がありま
す。連絡場所は小沢書店　Tel：03-263-9218です。まだ場所・日時はきまっておりま
せんが、右記へ貴方の電話番号をお伝えくだされば、それによって、ご連絡いたしま
す。お元気で

その一か月あまり前に、上智大学で、氏の「私にとっての文学と信仰」という講演を聞いた。土曜日の午後を勤めの帰りに寄った。そのあと、氏に手紙を書いた。東京に小

川文学の研究会があるのなら入会したいので、紹介してほしい、と。はがきは、それへの返信だった。

昭和四六年一月に最後の出産をした。勤めはつづけていた。家事や三人の子供の世話に追われて、読書もろくにできない日日を送っていた。そんなとき週刊朝日で「海鵜」を読んだ。昭和四八年六月のことだ。ハードボイルドな文体でありながら抒情性があり、どこか志賀直哉に似ていた。のみで彫りだしていくような描写には、日常に埋没していた私の気持ちを浄化してくれるようなところがあった。以来、氏の作品を、単行本や文芸雑誌から探して、つぎつぎに読んだ。そして昭和五〇年から、自分でも随筆を書きはじめた。それをのちに、「ミイラ取りがミイラになった」と小川氏から言われた。すでに四〇代に入っていた。そのような経緯のあと、通勤で利用しているお茶の水駅で、氏の講演会のポスターを見た。

小川氏からのはがきにあった「小さな会」が九月の末に開かれた。それは「小川国夫氏を囲む会」として運営されていた。

その日の会場は、四谷の主婦会館のなかにあった。会議室に大きな机が二つ、長くつなげて据えられ、その回りを椅子が囲んでいた。部屋にはすでに、十数人の中年女性が到着していて、立ったり座ったり話し合ったりしていた。にこやかで明るく、ととのった身なりの人たちばかりだった。物腰がおっとりしていた。会の主宰の小木曽さんをはじめとして、カトリックの信者が多いと聞いていた。

やがて、小川氏が現われた。白い上着に黒っぽいズボンをはいていた。長めにしめた黒茶のネクタイには、淡いクリーム色の小さな馬の模様が、水玉みたいにいくつも浮き出していた。

席についた小川氏は、北アフリカの話をはじめた。その一年ほど前に取材のため、北アフリカに旅行したということだった。私は小川氏のはす向かいに座っていたが、中間に大きな花瓶があり、それにたっぷりと活けられた大輪の花が邪魔になって、氏の顔がよく見えなかった。しかし、いきいきした声のトーンからすると、かなりエキサイティングな旅だったようだ。らくだにも乗ったのか、

「その大きいのにびっくりしましたよ。背中が広いんだ。この机ぐらいはあった」

と言って、目の前のたたみ一畳ほどもある大机を、手でさすったりした。帰りぎわにお礼を言いに行くと、小川氏は、「またお目にかかります」と言って、ていねいにお辞儀をした。

主宰者の小木曽さんの俳号は、柚木紀子。「柚木」は、小川国夫の作品に出てくる「柚木浩」から。旧姓は正田。美智子皇后の従姉妹にあたる。館林でともに疎開生活を送ったという。のちに娘さんが、小川氏の甥で画家の佳夫氏と結婚した。紀子さんの句集の装丁を佳夫氏に依頼したのがきっかけになったらしい。

その後も何回か「囲む会」に参加した。会場は、信濃町の駅に近い真正会館になることが多くなった。

そして昭和五五年の春ごろ、私がこの数年間に書きためた随筆を、一冊にまとめたらどうかという話が持ち上がった。その中には、小川氏の作品や講演に取材した随筆が五編、ふくまれていた。そのことを、「囲む会」からの帰りの道で、小川氏に話した。「どうぞご自由に」ということだった。ゲラが出てから、念のため目を通してもらおうと、コピーして小川氏に送った。二〇ページあった。一か月ほどたっても連絡がなく、待ちかねて電話をした。「急ぎますか?」「はい」というやりとりのあと、ようやく速達で返送されてきた。受け取ったのが九月二日。小川作品の題名など、数か所に朱が入っていた。そして次のような手紙が添えられていた。

校正刷一部拝読いたしました。一編ごとに構成があって、読みごたえがありました。決して単純でもないし、かといって、もって回ってもいなくて、随筆とはこのように書くものかと悟るところがありました。理におちないで、情感がこめられているのもいいと思いました。考えてみますと、これが一番大事なことかもしれません。

全文を一冊として読ませていただける日を楽しみにしております。

赤を入れておきましたから、ごらんください。少々説明しておきますと、〈歩留り〉は〈もどかしさ〉のほうが本意です。小生が〈歩留り〉といいましたのは、実物を見ておくと本を読む場合に歩留りになる、という文脈においてでした。それから〈ペリオディック〉は、ご存知のように、月刊誌週刊誌の意味で、その〆切に追われて、小生苦しんでいるということです。

遠ざかる風景、通読できる日を楽しみにしております。

一日

小川国夫

そしてその年の暮れに、私の最初の随筆集『遠ざかる風景』（日本随筆家協会）が出た。書名は、小椋佳のＬＰから借りた。小川氏には郵送したのだったか。

かねて小川氏の著書から、島尾敏雄氏や丹羽正氏との深いつながりを知っていたので、お二人にも拙著を贈りたいと考えた。思い立ったところで、小川氏がその日、神田神保町の東京堂書店で自著のサイン会をしていることを思い出し、出かけていった。会が終わってから、立ち話で私の意向を伝えた。「二人とも喜ぶと思いますよ」という答だった。小川氏が、どの著書のサイン会をしていたのかは記憶にない。調べると、私の手もとにある『サハラの港』（小沢書店）には、めずらしくサインがある。黒地にコバルトブルーで、二ページにわたって大きく、「言葉は荒野を出て」と書かれている。この本のサイン会だったのなら、昭和五六年が明けてすぐだったことになる。しかし私は、そのときの自分の服装を覚えている。カーキ色の綿のキルティングのコートを着ていた。ベルトつきの薄手だった。襟もとには絹のスカーフをしていたが、さほどの防寒着ではない。

ともあれ丹羽氏から、昭和五六年二月一四日付で次のようなはがきを受け取った。

御著書お贈り頂きありがとうございました。丁度他の本を読んでいる最中でしたので、家内の方が先に読んでしまいました。自分もこういう文章が書きたいけれどそれは出来ないから、娘に書いてもらうのだと申しました。今日、家内から本を取りあげて、〈II〉まで、一語一語を味わう気持ちで拝読しました。そして、心の深さということを感じました。全部読み次第自分なりの感想を、と思っています。暫く時をお与え下さい。

パウル・クレーの絵はがきに、きっちりと書かれていた。つづいて、三月四日付の手紙が来た。少し長いので抜書きにする。

……生活の中に書く行為があること、また書くに価する生活があること、それを強く感じ、読みながら心を鎮められる気がしました。そこに自分自身の姿を重ね合わせる、そういう気持で読んでいたことに、読了後、気がつきました。……小川国夫についてのことで、ひとつだけ申上げますと、「死の深淵」が生の基底に在り、その深淵を見据えながら書く、それが小川氏の根源にある行為だと思いますし、それはまた自分自身の行為でもあると思います。二人は、はた目には全く対照的な人間に映るかと思いますが、「死の深淵」を凝視する、その一点で、共通するものが在るかと思いました。多摩市と府中とでは、近いことでもあり、その内、お会いする折もあるかと思います。……四月に渡欧する予定ですが、その前にお会いできるかどうか。

そして別便で、近著の『まだ手さぐりの天使』が送られてきた。書名になった作品の題名は、パウル・クレーの水彩画から採られている。「死の深淵」という表現は、私が随筆の中で、小川国夫の「静南村」の佐枝子に触れて使った。

ついで四月二〇日付のはがきから引く。

……七日前に都内のホテルで小川国夫氏と会い、二時間程雑談しました。原稿を書く辛さということも話題の一つになりました。明日ロンドンへ発ちます。秋には帰国の予定です。折に触れ、あちらからお便りするつもりでいます。

御元気で

絵はがきの写真は、エーゲ海のキクラデス諸島出土の「黒像式白地レキュトス」(香油壺）であった。
ロンドンからの初めてのはがきには、次のようにあった。

ロンドン滞在も三か月になりました。東京も梅雨あけの頃かと存じます。写真のキーツの家は二度目ですが、生前の状態がほぼ完全に保たれていて、その時々の草花が咲き乱れ、静かなたたずまいに心を静められる思いがします。今の住居はロンドンの北の郊外にあり、ここも樹木と草花に恵まれた処です。美術館めぐりも一段落、国内の小旅行もすみ、今は音楽の季節です。毎夜演奏会が催されていますが、私にとって此の上ない楽しいことは、モーツァルト・フェスティバルが行われていることです。
娘はロックのチケットを買って来ましたが、あの騒音を聞きますと胃がひっくり返ってしまいますので、自分は行きません。モーツァルト以外の音楽はそれこそ sound and fury としか聞えないのです。ロンドンの街角には凋落の翳が濃く、ゆっくり沈んで行く巨船の上で暮している気がすることもあります。黒、黄、白人が入り乱れて、古代の植民都市もかくやと想われる程です。御元気で
七月二一日

次の便りはエア・レターで、外の面にロイヤル・ウェディングの写真が印刷されている。

イタリアへの旅から帰ってみましたらお手紙が届いていました。静岡への御旅行懐しく拝読しました。特に法多山(はったさん)、可睡斎(かすいさい)、油山(ゆさん)という地名が、自分の内から過去を呼び起し、その残響がいつまでも心の中で鳴り続けました。戦時中、その近くの袋井という町に疎開して中学時代を過したこと、東京で一時的に視力を喪った時、両親が油山に治癒の祈りをしてくれたことなど、次々と記憶が甦って来ました。小川国夫氏は元気でしたか。渡欧前、東京で会った時、夏にスペイン、モロッコへ行くつもりとのことでしたが……。島田修二さんが同級生で歌人だということは知っていましたが、どういう生徒で、姿形はどういう風だったのか……。それ程、当時の自分は学校の周囲から自分を閉ざして了っていたという事実を改めて思い起しました。心にしみる話をされた由、一度お会いしたい気がしました。今回の旅はパリ―フィレンツェ―ローマ―ヴェネチア―インスブルック―フランクフルト―ブラッセルというのが主な道筋でした。今、特に際立って印象に残っているのは、フィレンツェで大規模なパウル・クレー展に出会ったこと（クレーは人も絵も自分と切り離せない因縁で結ばれています。その展覧会が、倉庫のような建物の中で開かれていました）。ローマのスペイン階段を降った廃屋にジョン・キーツの終焉の地を見出したこと（ロンドンの「キーツの家」で彼は吐血し、シェリーの促しでイタリアへ療養に出かけ、程なくローマで彼岸の人となったわけです。キーツを呼び寄せたシェリーも遊泳中溺死し、二人の墓がローマにあることは知っていたのですが……）、チロル地方で、D・H・ロレンスが『イタリアの薄明』で書いている木造りの小さな十字架像（農民が造ったもの）を、幾つも道筋で見かけたことなどです。しかし、今度廻った町で一つ、ということになりますと、ヴェネチアの名を、ためらわずにあげたい気持です。フィレンツェもそうですが、ヴェネチアは、現代の多くの都市が個性を喪って、非人称の町（ニューヨークのような、東京のような）に変ってゆく中で、今でも土地の精霊を保っている町でした。オクシデントとオリエントの交差点、空と水の婚姻から生れた町と言ったらよいのかもしれません。人混みの中を、広場や迷路のように入り組んだ裏町の道と運河をさ迷い歩いていますと、自分という個我が水から立昇る靄の中に消えてゆき、あとには壮麗で退廃的な建築物の輪郭だけが、宙に浮いて見えるような気がしました。そこには官能の安らぎすらありました。エロスと死が一つのものになって感じられました。……カレーから船で英仏海峡を渡り、ドーヴァーの白い崖を目にした時は、旅の疲れで、ロンドンが故郷の町に感じられました。……旅行中にチャールズ皇太子の結婚の宴は終わっていました。お元気で。

八月一九日

『青銅時代』同人の中西太郎という人が、藍原乾一とのすさまじい口論の末、ショックで一時的に失明したということは、小川氏の『雲間の星座』の中の文章で知っていた。しかし、中西太郎が丹羽正氏であるとは知らなかった。それを、この手紙が明かしてくれた。のちに丹羽夫人と知合いになってから聞いたのだが、丹羽氏はビール瓶を振りあげて、藍原に殴りかかりそうになったという。

『青銅時代』第四五記念号の既刊号総目次によれば、藍原乾一が羽加太郎の筆名で、『青銅時代』に詩を書きはじめたのは、昭和三四年、第四号からだ。このできごとがあったのは、その前後か。昭和三五年九月末、小川氏は東京を離れて郷里の藤枝に移り住んだ。そして昭和四七年の第一四号には、藍原乾一への追悼文が載せられている。藍原氏は、その年の八月に睡眠薬で自殺した。遺体は、群馬県嬬恋村の林の中で発見された。躁うつ病だった。私は静岡に旅行して、油山寺を訪ねたことを丹羽氏に書き送った。そのことが、丹羽氏に苦しかった遠い日のことを思い出させてしまった。

昭和五六年一〇月一五日付で次のようなはがきを受け取った。絵はがきの写真は、ナショナル・ギャラリーにあるホルバインの「デンマークの(王女)クリスティーナ」であった。

……ロンドンはもう冬の気配です。日照時間が目に見えて減り、一時は夜一〇時頃まで明るみを湛えていた空も、今は七時で暗くなります。九月初旬に湖水地方からスコットランドを巡って来ました。優しい山並、数えきれない程の湖、ヒースの茂る草原、粗朴な農家など、どこか日本の山河と似通う処がありました。予定ではギリシアへ行って旅に終止符を打つ積りでしたが、思わぬ障害に遭い、二三日に帰国することにしました。……今夏の静岡の旅の御紀行文の完成を念じています。

丹羽　正

「障害」というのは、健康上のトラブルだったらしい。私費も投じ、周到に準備して実現した渡欧だったろうに、やむなく切り上げることになった。

あとで知ったのだが、丹羽氏には胃の病があった。中学生のころには相撲部にいたというから、生まれつきは頑丈だったはずだ。かかりつけの0先生から「心因性だから、よそで手術をすすめられても、絶対にやってはいけません」と言われているのだと、麗子夫人から聞いたことがある。

(『青銅時代』第四九号、二〇〇九年秋)

幻の地図

小川国夫評伝二部作、『東海のほとり』、『海の声』の著者、山本恵一郎さんには、静岡を訪問するに先立ち、お目にかかりたい旨のはがきを差し上げていた。昭和五六年六月のことである。

小川国夫さんの「キリストの生涯」の講演のさきかあとに、時間を工面して会場へ行きましょうという返事をもらっていた。講演は、静岡のけんみんテレビビルで六月二七日の午後に行われることになっていた。静岡の「小川国夫氏を囲む会」主催の連続講義「キリストの生涯」の第五回めであった。

山本さんは講演のはじまる前に来られ、終わるまで聞いておられた。氏は昭和一二年生まれと知っていたが、私の目には四〇歳そこそこにしか見えなかった。若若しく、目の色の深い印象があった。ある会社の課長職を務めておられるということだった。

　講演が終わってから、会場の外の廊下で山本さんと立ち話をした。私は、小川文学の故郷を訪ねたくて静岡に来たのだった。

「あなたも相当のめり込んできましたね」

「山本さんほどではありません。土地を訪ねると作品の理解に役立つかと思いまして……。五十海（いかるみ）とか用宗（もちむね）、大井川、相良（さがら）、大崩（おおくずれ）など、行きたいところばかりです」

「作品に描かれているのは小川さんの心の中の風景で、それは今探してもありません。五十海なんて水溜まりもないですよ。パチンコ屋と電柱しかなかったりするんです」

「『相良油田』に出てくる軽便の〈鱏（えい）の岩〉っていう駅もないんですってね」

「大井川とか川根あたりなら、どこを歩いても小川さんの作品のおもかげを伝えるような自然はありますがね。地図の上に小川さんの作品の中の地名を特定することは不可能です。できてもそれは幻の地図です」

「では、私は明日から、その幻の地図を頼りに、雲をつかむような旅をするわけですね」

「小川さんは、自分の作品のための地図を持っていると思いますよ」

　私はその二か月ほど前、五月の連休に、馬籠宿の藤村記念館を訪れ、展示されていた

『夜明け前』の創作ノートを見た。そのノートのかたわらに、うすい墨で描かれた大きな地図があった。『夜明け前』の舞台として藤村が構想した木曽路の地図であった。その地図には、登場人物たちの家、道の様子、自然木の配置、地蔵、神社、橋、川、人物の歩く順路、人物と人物がどの場面でどの場所で出会うか、などが丹念に書き込まれていた。

劇作家三好十郎氏の地図を見たこともある。昭和二九年に、三好氏はＮＨＫラジオのために、「破れわらじ」という単発ドラマを書かれた。舞台は前半が九州博多で、後半が東京の木場に近い汚れた川っぷちであった。その前半の部分を書くための地図を、私は見せてもらった。私が大学を出てすぐのころだった。就職もできず、仕送りをしてもらいながら、好きな新劇の舞台を見て歩いていた。そして三好氏の主宰する戯曲座の芝居に感銘を受け、下宿のすぐ近くにあった稽古場に通うことになった。できたら、演出の勉強をしたいと思っていた。

三好氏の自宅の書斎で見たのは、模造紙の半分くらいの大きさの紙に描かれた地図であった。山、川、海、橋、家、草原、田畑、木立などが絵具で彩色されていた。三好氏は、その地図を目の前に広げ、自分が登場人物のそれぞれになり代わり、その地図の上を移動したつもりで、ことばをかけ合われるのであった。そして、台詞と台詞の間にト書きと効果音まで自分で入れながら、それらをテープに録音しておられた。それをときどき巻きもどしては耳で聞き、推敲を重ねて、原稿用紙に書き写していかれた。

小川さんは、作品のために、どのような地図を描いておられるのであろうか。もし持っておられるのなら見てみたい。

（『風信』第七号、二〇〇一年五月）

嵐

吉屋信子著『ある女人像—近代女流歌人伝』を読んだ。石上露子、山川登美子、原阿佐緒、三ケ島葭子、藤蔭静枝、杉浦翠子、今井邦子ら計九人の女流歌人の生活と歌作とのからまりに焦点を合わせた短い伝記の連作であった。

生まれ育った環境や風土によるのかもしれないが、今までの私は短歌とはまるで縁がなかった。ただ一度、小学校の二年生のとき、亡くなったばかりの母のことを歌に詠んだことがあるきりだ。自習時間に、たまたま監督に現れた青木龍雄という若い先生から手ほどきを受けた。が、それはそれで終わった。

昭和五六年の初頭から、田谷鋭氏の短歌教室に通うようになった。田谷氏がどのような歌人なのか、何も知らなかった。書店で手にした短歌雑誌の広告で、その教室のことを知った。勤め先に近いのが何よりだった。田谷氏は、当時、六〇代の前半だった。すでに迢空賞を受賞されていて、新進気鋭といった感じの張りつめた講義が快かった。私は五十の手習いというわけであった。

短歌教室に通うきっかけの一つは、小川国夫さんから西行の話を聞いて、『山家集』を読んだことにあった。東京の「小川国夫氏を囲む会」に出席するようになって、一年ほど経っていた。西行のことは、能の話のときにでも出たのではないか。

もう一つのきっかけは、石牟礼道子さんの著書に接したことであった。石牟礼さんの『椿の海の記』や『草のことづて』などに見る文章は、しなやかでありながら、鋼（はがね）のようにばねがきいていた。すっかり魅せられて、自分もこんな風に書きたいと思った。そして著書のなかの、ほんの一か所か二か所に、若いときに短歌を学んでいた、とあるのを目に止めた。すると、どういうわけか石牟礼さんの文章の秘密は、このことにあるのに違いないと思えてきたのだ。

『山家集』の歌もよかったけれど、良寛の歌も気に入った。次いで田谷氏から紹介のあった古泉千樫、宮柊二を知るにおよんで、私は歌にのめり込むことになった。身体感覚の受け取った感動が一首の中に抽出されているのだが、小主観を排したその抒情は心に迫った。一首の世界は、一編の小説やドラマや随筆に匹敵していた。伝統にのっとった日本語を、正しく的確に駆使することによって織りなされる感動の表現に、強く引かれたのである。それが高じて、その張りつめた調子を自分のものにしたいという欲望にかられ、短歌の実作を試みるようになった。

私は、そのころ、初めての随筆集『遠ざかる風景』（日本随筆家協会）を上梓していた。それに触れて、小川さんは、こんな風に話して下さった。

「あなたのは知の文章だ。けれど、そうした文章を今から変えようとしても、年齢的に間に合わない。そのままいくしかない」

「でも、文章が車だとすると、その車に羽をつけてみたり、リボンの飾りをつけてみたりすることとならできるのではないか。……その一方法だが、女流歌人の歌を読み込んだらいいよ」

「例えば小野小町なら、彼女の歌だとはっきりしてるのは二十何首しかない。それらを全部、暗誦しても知れてる」

「歌人の文章というのは、必ず落ちつくところへ落ちついている」

かくして私は、歌を読み込むために歌の実作に励んだ節がある。しかし実作には、てこずった。短歌教室には通い続けていたが、講師から受ける批評は、芳しくなかった。

それから一年ほどして、『ある女人像―近代女流歌人伝』を手にしたのであった。読み終えた私は、身も心もかなぐり捨てたいような絶望に陥った。

描かれているどの女流歌人の心にも嵐が吹き荒れていた。その嵐が歌を生み、歌がまた嵐を呼んでいた。旧家の重圧、悲恋、道ならぬ恋、妻妾同居の悲惨、嫉妬、官能のほむらとの葛藤……。これらの現実を克服しようと、夢あるいは理想の境に憧れ、現実との間に横たわる深い溝を渡るべく、もがき苦しむことから嵐は生まれていた。私の中に、そのような嵐はなかった。それでは歌は詠めないよ、と耳もとでささやく声がした。

そのころ、小川さんから次のような話を聞く機会があった。

「ルカ伝二一章五節以下には、キリストの見た黙示的世界が描かれています。それらはすべてキリストのすぐれた想像力の生み出したものなのですが、目に見えるように具体的に、非常な迫真力をもって表現されています。キリストの中には、そのような嵐が吹き荒れていたのです」

「ドストエフスキーも同じですね。彼が作家活動をしていたころのロシアは、割合に平穏だった。外側の嵐に触発されてドストエフスキーの作品世界に嵐が生まれたわけではない。彼の魂のなかに嵐があったのです。キリストもドストエフスキーも、天才なんですね。すぐれた宗教家であり芸術家であったわけです」

これらのことばで、私の胸はいっそう深くえぐられた。目の前が真っ暗になったが、藁をもつかむ気持ちで質問した。

「私の中では、嵐が少しも吹き荒れていないのです。文章を書いていこうというのに、いったいどうしたらいいのでしょう」

「中道さんは、何もかもうまくいっているから……」

小川さんは、にっこりと笑って、いとも明るい声でおっしゃった。

それから二、三日、私は沈んだ心で、小川さんのことばを反芻していた。そしてつぶやいていた。

「うまくいっているのだろうか。……いや、うまくいかせているだけだ……」

その昔、ある武将は、「人は石垣」だと言った。

職業を持ち、家庭を持って二五年が経っていた。その身の回りには、血縁、地縁という石垣が堆（うずたか）く積み上がり、自分もまた、その石垣の一つの石になっている。身を動かせば石組みが狂ったり崩れたりする。苔を生やしたり、落葉をとどめたりするくらいが関の山だ。ぶつかった子供のおでこの血で汚れることもあった。けれど、自分から進んで石垣を崩し、とび降りて傷ついたり粉みじんになったりする勇気はない。私という石の中には、そのようなエネルギーはない。それが何もかも、うまくいくということなのだろうか。

堂々めぐりを繰り返しているうちに、だんだんに分かってくることがあった。精神のなかに四六時中、嵐が吹き荒れているほどの強いエネルギーを持ち合わせていないことに気づいたのである。つまり、順風満帆指向——悪くいえば、事なかれ主義——こそ、とりも直さず、私が凡人であり雑草である所以だということであった。

しかし、たとえそうであっても、書き続け歌い続けることで、自分のなかの何かが耕されていくという自覚があった。平地に、さざ波くらいは立っている……。

描こう、あるいは歌おうとする対象に問いかけ、通いつめて近づこうとする作業は、どこか恋に似ていて、魅惑的である。行くところまで行くしかない、と今は思っている。

（『風信』第七号、二〇〇一年五月）

あるアプローチ

私が小学生のころ（昭和一〇年代）、日曜学校に行くといえば、寺へ経を習いに行くことであった。私は行かなかったが、弟たちは行かされていたようだ。

生家の宗旨は真宗大谷派で、仏壇は内も外も、いわゆるキンキラキンであった。真宗では、身代の半分を仏壇にかけるのが当たり前、と言われてきたのだそうだ。

私が嫁いだ家の宗旨は曹洞宗である。姑は六九歳のときに上京して、私たち夫婦と同居することになった。黒檀の小さな仏壇を、こちらで新たに買いととのえた。姑の生まれた家も曹洞宗だったという。姑は、平成二年に九三歳で亡くなった。従って、曽洞宗とは一〇〇年近く付き合っていたわけだが、そのまつり方は我流であった。水とご飯を供え、庭に咲く花を切ってさし、線香をあげて、ひたすらに鈴(りん)を鳴らし、合掌する。ただそれだけだった。位牌は、四八歳で亡くなった彼女の夫の分があった。その他に、一人娘だった彼女が嫁入るとき、行李の底に入れて持ってきた自分の生家の二四代前（それは江戸は元文年間にさかのぼる）からの分が重ねて収められた位牌があった。菩提寺はそれぞれ、三重県と和歌山県にあった。私は夫の母のようにすらしない。ただ、死んでから入る所がないのも困るので墓だけは近くに建てた。もちろん仏教風の石塔である。とすると、一生を仏教徒で終わることになるのだが、私は仏教のことなど何も知ってはいない。

終戦後は、私の育った大垣でも、日曜学校に行くと言えば、教会に行くことであった。私の姉は、そのころに洗礼を受けた。私は大学に入ってから初めて、聖書を読んだ。キリスト教系だということで、聖書文学が必修になっていた。旧約聖書の方は、ノア、ルツ、サムソンとデリラ、ダビデなどにまつわるエピソードの集まりとして、神話か民話でも読むように楽しんだ。新約聖書の方は、哲学的なアフォリズムの連続だという印象が強かった。そして、その程度で終わった。

私と仏教やキリスト教とのかかわりは以上のようなものだった。それが、五〇に手の届く年齢になってから、仏教やキリスト教だけではなく、イスラムにかかわる書物にまで関心を持つようになった。小川国夫さんの文学に接するようになったことからである。

小川さんの小説には、人それぞれが、まちまちに蔵している内的時間と、それを囲む外的時間とののっぴきならない出会いが発する火花のようなものが描かれていて、私の心を打つ。エッセイや対談集も好きである。母を早く亡くしたこともあって、なかなか幸福感を持てず、疎外感に悩まされることの多かった私に、小川さんのことばは不思議な治癒力をおよぼす。小川さんの評伝を書かれた山本恵一郎さんのように、私もまた、「この人の知り得ている事を知りたい、という思い」に心を領されるようになっていた。

作品をむさぼり読むとともに、そのことばの光源にまでさかのぼりたいと思った。大きな光源の一つはカトリックであるらしい。宗教だけを取り上げても、他に、能―仏教、アフリカ―イスラム、という光源がある。そして、それらについての知識は、私の中に何もなかった。

土曜日の勤めの帰りにNHK文化センターに通い、増谷文雄さんの「阿含経典」や「根本仏教」、小西甚一さんの「徒然草」(中国の天台宗と関連づけた)の講座に出たこともあった。浅野順一さんの著書を手引きに旧約聖書を読み返した。川田順造氏のアフリカの本を読み、黒田寿郎氏の連続講演を聞きに行ったりした。

そしてある年、西武美術館におけるデューラーの版画展で、「大受難」「小受難」「ヨハネ黙示録」「マリアの生涯」などの連作を見るにおよんで、宗教を知るということは、宗教についての知識をかき集めることではないと分かった。デューラーにとり、神やキリストやマリアをめぐるできごとは、はっきりとした真実であった。彼が信じたすがたを、自己のイマジネーションに誠実に版画にうつして見せたのだ。一つのことばも介することなく……。そしてその画面は、見る者を宗教の真実へと導く。信じ、信じさせるという宗教家と求道者の関係である。人と人とのイマジネーションの交錯の中での出会いであるといえよう。回心という体験も、おのれを失うほどの傾倒（あるいは感動）のなかで生まれるものではないか。宗教を知る、とはこういうことであるらしい。

浅野順一さんは、その著『ヨブ記』の中で次のように語りかける。

「そもそも宗教というものは人間が不幸な時になお幸福であろうとする、その幻覚もしくは錯覚のごときものであろうか、或はまた真実にして内容あるものなのであろうか」

私は、ようやく、宗教は錯覚ではないか、という考えから脱却できそうな気がした。

しかし、この後どの程度、宗教の真実に近づけるかはわからない。近づく努力をすることが小川さんの「知り得ている事」を、ほんの少しでも知ることにつながるのなら、よしとせねばなるまい。

小川さんの作品の愛好者でカトリック信者のKさんは、私にこう言った。

「富士山に登るのには、いろいろな道筋があるでしょ。小川さんの文学を理解していくのもそれと同じだと思うの。カトリックだけにこだわることはないわ。あなたにはあなたの登り方があるはずよ」

思い惑っている私を、冷やかし半分に眺めていた夫が、まじめな口ぶりで言った。

「君がカトリックになったりしたら、同じお墓に入れなくなるよ」


（『風信』第七号、二〇〇一年五月）

小川さんのことば

「言葉は光」という小川さんのサインをよく目にした。これは『或る聖書』を踏まえている。

作品として活字になった小川さんのことばは、読者一人ひとりにむけられているとはいえ、万人の共有物であり、長く生き続ける。講演などもその中にはいるだろう。小川さんはそのほかに、私的な集まりの中で、いろいろなことを語った。一般的なことも個人的なこともあった。それらの多くは、忘れ去られる運命にある。そんなことばの中から、記憶に残るいくつかを取り上げてみよう。

小川さんは、『聖書と終末論』の中で、ヨハネ伝冒頭の「初めに言(ことば)ありき」の「ことば」に関して次のように書いている。「ことば」は「ロギア」であり、理法とか論理という意味も含んでいて、日本語の「言葉」という語が持つ事柄の端——葉っぱ、という感じではカバーできない、と。そして文学者として、みずからの発言についても、聖書の掟にしたがって律しようとしていたようだ。

東京の「小川国夫氏を囲む会」に出席するようになったのは、昭和五四年の秋だった。その数年前に週刊朝日で短編の「海鵜」を読んで惹かれ、以来、漁るようにして小川作品を読んでいた。勤めと子育てに忙しかったせいか、小川国夫という名前を、それまで見たことも聞いたこともなかった。そしてミイラ取りがミイラになったように随筆を書き始めた。そんなある日、四谷の上智大学で小川さんの講演があると知り、聞きに行った。演題は「私にとっての文学と信仰」だった。そしてその縁から、前記の「囲む会」に紹介された。

私が、最初の随筆集『遠ざかる風景』を出したのは、昭和五五年一一月で、四八歳のときだ。それに触れて小川さんはこう言った。

「あなたのは知の文章だ。けれどそうした文章を今から変えようとしても、年齢的に間に合わない。そのままいくしかない」

「でも、文章が車だとすると、その車に羽をつけてみたり、リボンの飾りをつけてみたりすることならできるのではないか。その一方法だが、女流歌人の歌を読み込んだらどうか。たとえば小野小町なら、彼女の歌だとはっきりしているのは二十何首しかない。それらを全部暗誦しても知れてる」

「歌人の文章というのは、かならず落ち着くところへ落ち着いている」

私はこれらの助言から、書きつづける勇気と努力目標を与えられた。

小川さんの文学を理解するために、ギリシアやアフリカ、日本の中世などについて知りたいことがいろいろあった。そして、ブリヂストン美術館で開かれたギリシア美術についての講座に出席した。講師は、たしか若桑みどりさんだった。スライドを使い、ギリシアの歴史や風土、遺跡や美術・文学を網羅した講義には熱がこもっていた。こんな話もあった。夕日に照らされたギリシアの海は、ワイン・レッドにかがやくというものだ。

わたしはギリシアにすっかりあこがれてしまった。そのあと、「囲む会」で、小川さんに「本当にワイン・レッドにかがやくんですか」と確かめたりした。小川さんは笑顔で「ぜひそれを見に行かなくちゃあね」と言われ、昭和五七年夏、ギリシアとトルコの、主としてエーゲ海沿いの遺跡や美術を探る旅に出発した。生まれて初めての海外旅行だった。その紀行を、『海は光にみちて―ギリシアからイスタンブールへ』としてまとめた。昭和六一年のことで、小川さんに序文を書いてもらった。

三冊目の随筆集『赤いひなげし』を出したのは、平成二年のことだ。そのころになると、私の作品もさまざまな批評にさらされるようになり、気持ちが落ち込むこともあった。そんなとき、小川さんは、「ひとの批評に耳を傾けることは大切だけど、それを一〇〇パーセント受け容れる必要はないんだよ」と言った。そして私は気を取り直した。小川さんには帯文をもらっていた。

同人誌『青銅時代』に第二九号（一九八七年）から加わっている。平成一三年に、同人で小川さんの旧友でもあった丹羽正氏が亡くなった。その翌年の三月、丹羽氏の命日に、静岡の安倍川上流にある油山温泉で、「偲ぶ会」が催された。夜食のあとはカラオケになった。私は歌えないので、聞くばかりだった。

そのとき、うしろの方に座っていた私のそばへ小川さんがやってきて、話しかけた。僕の文学は初めの頃と比べると、随分変質した。それでもいいのか、ついて来られるのかというようなことだった。私は「許容可能な誤差の範囲内なので、何ともない」などと答えたのだが、小川さんの表情は動かず、撫然としているようにも見えた。私は小川さんの心をはかりかねていた。それは今にいたっても同じだ。
いろいろな都合から、「囲む会」に出られないことが多くなり、小川さんに会う機会も減っていった。そして小川さんは、私に謎をかけたまま、いなくなってしまった。

（小川国夫文学碑建立の会記念誌『言葉は光』、二〇一二年一月）

アルベロベロの町にて

イタリア・アルベロベロの町

ドロシー

女子大の同期会を名づけて「梅の会」という。昭和二九年（一九五四年）春の卒業である。創立者の名前に因んで命名した。

昨年の春、久しぶりに「梅の会」に出席したら、今年の会の幹事をやれと言われた。挨拶のとき、骨量が同年代の平均の一二〇パーセントあると言ったのがはたらいたのだろうか。「ハードウエアはまずまずなのですが、ソフトウエアである脳の方は、もの忘れがひどくなって、少しあやしくなってきました」とつけ加えておいたのだが。「与えられた盃は毒杯でも飲み干せ」という父の教えを思い出し、他の三人の友人と手をたずさえ、引き受けることにした。

卒業後五〇年もたっているし、一五〇人たらずの同期生のなかには亡くなった人もいる。喜寿を迎えようという年齢で、身体や足を病んでいて出てこられない人も多いようだ。幹事を一度ならず務めた人もいるという。

今年に入ってから、なれないパソコンを使って、名簿の整理などをはじめた。旧姓を目で追いながら行くと、同期生の顔が浮かんでは消える。いまの顔ではなく、若いときの顔だ。ほとんどが、キャンパスのなかの東西二つの寮に住み、寝食を共にしていた。

そして今、私の耳に、「ドロシー、ドロシー」という声が聞こえてくる。ファルセットのように高くて甘い声だ。それは、大学に入ったばかりの私たちに「英文学史」を講じたO先生の声だ。やがて、先年、イギリスに旅をしたときに訪ねたダヴ・コテジのことが思い出された。

O先生は非常勤講師で、骨太な体つきだった。四〇そこそこに見えたが、実際はもっと若かったのかもしれない。独身だと聞いていた。居並ぶ女子学生を前にして、演壇の机によりかかるように立ち、講義ノートに視線を落としたまま、恥ずかしそうに肩をすぼめて話すのだった。それに似合わず、目はぎょろりと大きく、眉は濃く太かった。色白なのに何だか毛深い印象があって、背広を着た野武士みたいだった。その彼が、講堂の天井を仰ぎながら、歌うように、「ドロシー、ドロシー」とくり返した。まるでいとしい人の名前を呼ぶような具合だった。そしてイギリスのロマン派の詩人ワーズワースとその妹ドロシーについて語りつづけた。

ドロシーは兄と一つちがいの妹だった。おさないときに両親を失ったこともあって、二人は離れて暮らすことが多かった。それでも、一七九九年の暮れ、兄が二九歳のとき、自分たちの家を手に入れることができ、いっしょに暮らすようになった。ダヴ・コテジである。それはイギリスの湖水地方のほぼ真ん中にあるグラスミア湖の湖畔に立っていた。

兄と妹は、湖のほとりをよく歩いた。

妹はいつも兄の身近にいて、兄の詩人としての生活を支えた。家事や畑仕事はもちろん、原稿の書き写しや来客の接待なども喜んで引き受けた．兄はそのような妹を愛し、妹は、貧しさに負けることなく詩作にはげむ兄を尊敬した。ワーズワースの『水仙』は湖畔の風景から生まれ、『孤独な麦刈る乙女』には妹のすがたが投影されている。……

O先生の話から、自分の兄のことを思い出していた。

私のすぐ上に兄がいる。兄は、おさない私の顔を見さえすれば、突きとばしたりからかったり、こぶしを振りあげたりした。私は声をあげて泣くことで抵抗したが、そんな兄をこわいと思ったことはなかった。兄は、私が騒ぐのをおもしろがっている風だった。兄といっしょに田んぼの畦に下りて蛙をとったり、川に入ってしじみをすくったりした。兄はまた、高い木にのぼって、いちじくをもいでくれた。

文学とは無縁な兄だったけれど、私がその兄の妹であることは確かだった。そしてそんなことから、私は知らぬ間にドロシーに感情移入していった。そして、いつの日かダヴ・コテジを訪ねてみたいと思うようになった。


それから半世紀近くたって、ようやくその機会がやって来た。私は湖を船で渡って、コテジに向かった。

石造のダヴ・コテジは小ぢんまりした二階家で、往来に面していた。もとは小さな宿屋だったといい、深深とした森を背に、花につつまれて立っていた。薔薇や野生の蘭、ハーブそして野草など、色とりどりの愛らしい花が庭に咲き、窓をつたい、日にかがやいていた。

私は胸をはずませてコテジのなかに入った。しかし季節は夏だというのに、なんという暗さ、そして冷たさであろう。天井は低く、どの部屋もせまかった。暖炉をそなえた部屋もあったが、天井も壁もすすけていた。窓は後年、ひろげられたというが、それにしても小さかった。

詩人はこの家に、兄妹の幼なじみを妻として迎え、つぎつぎに子供を得た。自分の机も持たず、冬は暖炉のある部屋で家族といっしょに過ごしながら、詩句を書きつづった。子供部屋には暖炉がなく、ドロシーは寒さを防ぐために、壁に新聞を貼りかさねてやったという。楽しかったこと、つらかったこと、訪れた兄の友人のことなど、いろいろなエピソードをドロシーは日記に書きのこした。しかしドロシーは、兄の結婚とうまく向き合うことができなかった。

ダヴ・コテジで手に入れた小冊子に、次のようなくだりがあった。兄の結婚式の朝のドロシーの様子を伝えていた。

……挙式の日が明けた。ドロシーは、自分が耐えがたい試練のるつぼに投げこまれたような気がした。すっかり打ちひしがれ、まるで孤独になったようにさびしくて、ベッドからなかなか起きあがれなかった。「兄が結婚する」と考えるだけで、体中の力が抜けていくようであった。……

兄の秘書役は、いつしか妻のメアリに移り、ドロシーは育児や家事に追いやられていった。兄は自分の娘に、妹と同じ名前をつけさえした。しかしこの兄と妹に、以前のような親密な時間はもどらなかった。

ワーズワースは桂冠詩人にまでのぼりつめた。一方のドロシーは結婚もせずに年老いて、精神が衰弱していった（原文には、〝mental decline〟とある）。そんな妹を案じつつ、ワーズワースは八〇歳でなくなった。一八五〇年のことである。ドロシーは兄より五年、永らえた。

O先生の話に、ドロシーの晩年は含まれていなかった。先生は知っていて触れなかったのかもしれない。O先生はその後、私たちの上級生にプロポーズしてことわられ、体調をくずされて、非常勤講師を辞任されたとも聞いた。私たちの卒業後のことだし、噂にすぎなかったのかもしれない。しかしO先生のドロシーへの熱い思いは、私のなかにずっと生きていて、ダヴ・コテジではドロシーの息づかいまで聞こえてくるようだった。ダヴ・コテジが手狭になって、ワーズワースの一家が引っ越したあと、そこに住んだのは、『阿片常用者の告白』の著者、トマス・ド・クインシーであった。彼は、若いときのドロシーをこんな風に回想している。

「かなりほっそりとして、意志の強いジプシーのように浅黒く」、「ワーズワース夫人のそれのように柔らかなものではなく、険しく大胆というのではないが、視線が忙しく動き、野性的ではっとさせられるような目」をしていて、「情熱にあふれた思いやりある態度、生来のものと思われる深い感性が感じられた」。

こんな文章を読んでいると、ドロシーの面影が、目の前に浮かぶ。私は名簿を作る手を休めて、ドロシーを思い、O先生に思いを馳せる。そしてそれらの思い出を共有する「梅の会」の友人たちを、戦友であるかのようになつかしく思う。

ダヴ・コテジには、ド・クインシーが使った阿片計量用の木製スプーンが展示されていた。琥珀色でつやがあり、小さなヴァイオリンのかたちをしていた。

（『青銅時代』第四八号、二〇〇八年春）

蘭州から炳霊寺へ

成田から西安に入り、そこで一泊して翌朝早く、蘭州に飛んだ。四年ほど前の八月末のことだ。蘭州は、西安から西域にいたるシルク・ロードの大切な中継地だったと聞く。蘭州の上空に近づくと、眼下に黄土高原が広がった。なだらかに起伏する黄土の丘の斜面を巻きながら、段段畑が麓から頂上まで切り拓かれていた。畝のへりが、地図の等高線を思わせる曲線を描いていた。それらは、いくつも連なっていたが、多くは乾きって荒れ果て、褐色の地肌を曝していた。森も林もなく、草も生えていない。流れも見えない。雨が少なく、頼みの黄河は黄土の堆積で流れが滞り、水量も減っているという。

蘭州から、貸切バスで劉家峡ダムに向かった。そこの船着き場から、ダム湖を船で五〇キロほどさかのぼって、山の絶壁に開かれた炳霊寺（へいれいじ）の石窟にいたる。そこは黄河の北岸にあたり、ダムができるまでは、蘭州からバスや馬を乗り継いで二泊三日の旅程だったという。それが今では、日帰りで行けるようになった。水路が利用できるのは、六月から八月にかけての水量の豊富なときだけだ。水位が高過ぎるのも危険で、船は出ない。中国人ガイドのＫ君が、前もって問い合わせたところ、今日は大丈夫だ、という。ダムは、黄河の上流の峡谷の最も狭い所を選んで建設された。

ダムに向かう道中は、よく晴れていた。道端に小屋掛けして、桃や西瓜（スイカ）、ハミ瓜など、いろいろな果物を売っていた。ヒマワリの種もあった。刈り取られた頭花がそのまま、お盆か花輪でも立てかけるように並べられていた。大きいのは、直径が五〇センチもあったろう。花びらに縁どられ、中央の種の部分はまだ瑞瑞しかった。種を剝がして、生まのまま食べるのだという。

沿道に公衆トイレはなかった。灌木の茂みに分け入って用を足した。その鼻先で、山椒が匂った。

劉家峡ダムの船着き場についたけれど、約束のモーター・ボートはいなかった。少し離れた所にある事務所へＫ君が尋ねに行った。三〇分近く経ってから戻ってきた。彼の話によれば、我我が乗るはずになっていた真新しくて大きなボートを、ほかの乗客に回してしまったという。ちょうど蘭州で考古学会が開かれているとかで、それに参加している学者たちの求めに急遽応じたのだという。Ｋ君が、「それでは約束が違う。別のボートを用意しておくのが当然ではないか」と主張したら、「これから調達する」と、答えたというのだ。Ｋ君は、こんなことはよくあります、と言った。政府の高官などが来れば、予約よりそっちを優先してしまうのだそうだ。彼は、こうした事態は褒められたことではない、と言って顔を曇らせた。

Ｋ君は、大学の日本語学科を出たという。標準語に近い、きれいな日本語を話す。ガイドとしては、それで十分ではないかと思うのだが、日本に留学して勉強したい、と言った。

色白で、ぽっちゃりしていて、小柄な青年だった。礼儀正しく控え目で、心情も、どこか日本的だった。私たちは、すぐに打ちとけ合った。バスで走りながら、彼の話を聞くのは楽しみだった。中国における農村と都市部の貧富の差について語り、鄧小平の自由化政策に期待していた。一人っ子政策のために、生まれても戸籍を得られない幽霊人口が増え続け一億人に達する、と言った。彼は、中国の現状について、受け売りではなく自分のことばで話そうとしていた。

しばらくすると、小さなモーター・ボートが二艘到着した。見るからにお粗末で、ぽんこつとしか言いようがなかった。数人ずつ分乗することになった。船尾の船外発動機には、ヤマハのマークがあって、折からの強い日差しをはじいて、ぴかぴか光っていた。五〇馬力らしかった。辛うじて屋根はあったが、船体のペンキが剝げ、客室に入ってみると、作りつけの椅子のほとんどは、どこかが壊れていた。操縦するのは、よく日焼けした四〇歳そこそこの男だった。素肌にシャツを引っかけ、向こう鉢巻きをして乗客を迎えた。いかにも自信ありげに胸を張り、にっこりと笑った。とにかく今の場合、この男に命を預けて、湖に乗り出すほかはなかった。

空は晴れて風もなく、湖は凪いでいた。さざなみが湖面に、金色のきららを絶え間なく流していた。その上をボートは、まるで地獄へでも急ぐように、轟音を立てて突進した。船底から、ものすごい衝撃が幾度となく突き上げた。たとえるなら、おんぼろの木橇(ぞり)に乗せられ、でこぼこの悪路を猛スピードで引き立てられて行くようなぐあいだった。水深は一〇〇メートルに近いと聞いた。

行く手の左右に、峨峨たる奇岩の群れが聳え立つところへ出た。ボートは速度を落とした。目的地に近づいたようだ。見たところ、桂林の景観に似ていたが、ここのは堆積した黄土による造形であった。脆くて崩れやすく、赤い断面を曝しているのが、崩落直後の地層なのだという。

やがて、ボートが止まった。

ボートを降りて緩い坂を上った。そして、左手にそそり立つ絶壁の裾をめぐる通路にさしかかった。右手には、大規模なコンクリート造りの防水堤が高く築かれていた。それらに挟まれた溝の底のような通路の突き当たりで石段を登り、まずは高さ二七メートルの磨崖大仏にまみえた。高さが一〇〇メートルはあろうと思われる岩壁の下の方を占めて、大仏像は湖に向かって、軽く腰をかけた姿であった。顔も体もふくよかで、唐代の作だという。

一八〇ほどある窟や龕の中から特別有料窟というのを重点的に回った。第一六九窟にも、大枚三〇〇元（およそ五〇〇〇円）を投じて登った。制作年代の特定できる石窟の塑像としては、中国で最古といわれる仏像が何体かあった。拈華微笑の立像が美しかった。西秦末期（西暦四二〇）の作だ。それらは地上六〇メートルの高さにあり、梯子のように突っ立った桟道がジグザグに、そこまで組み上げられていた。

心に残ったのは、第一二五龕の釈迦・多宝仏の併座(へいざ)説法像であった。北魏晩期の作だ。間口が二メートル、奥行と高さが一・二メートルくらいの半円形の壁龕のなかに、身も頬も痩せて、顎の骨張った二仏が、粗末な法衣をまとって、心持ち斜めに向き合っていた。切れ長の目は伏せられ、閉じた口もとの両端がかすかに上がり、微笑むかに見える。高い眉と細く鋭い鼻筋。冷えびえと澄んで、気高い面持ちだった。それでいて険しい感じはなく、内省的でさえあった。両脇には、静かに説法に聞き入る仏弟子が立つ。この仏像の生まれた北魏とは、どんな国だったのだろう。そして人人は、どのように暮らしていたのか。無性に知りたくなった。

日が西に傾きかけたころ、帰路についた。

(『月刊ずいひつ』二〇〇三年九月)

シチリアの旅から

小川国夫さんの随筆集『一房の葡萄』の中の「紀行と書簡」に〈泉伝説〉という短い作品がある。それは、

——地中海岸を単車で旅行した時、シシリー島のシラクサに四、五日滞在したことがあった。——

という一行からはじまり、シラクサの旧市街、オルティージャ島の海べりに湧く〈アレトゥサの泉〉のことに話がおよんでいく。シシリーは、シチリアの英語的呼称だ。小川さんは、現地でこんな話を聞いたという。

アレトゥサは、ギリシア神話のアルテミス（狩猟の女神）に仕える妖精だった。彼女はある男性（兄？）を慕って、ギリシア本土の聖所から、はるばるとイオニア海を越えて旅をした。すなわち、海底を地下水に姿を変えて走り続け、シラクサはオルティージャ島の岸辺に泉となって現れた。そして小川さんは一編を次のように結ぶ。

——それにしても、澄んだ地下水が闇の中を一筋流れているのは、愛にふさわしいイメージだ。——

この美しい作品に接してから二十数年経って、ようやくアレトゥサの泉を訪ねる機会を得た。一年前の二月のことだ。旅に先立って見た資料から、泉の伝説には次のような展開もあることを知った。

アレトゥサがイオニア海を渡ったのは、川の神アルフェイオスの追跡を逃れるためだった。アルフェイオスは、川で水浴びをしていたアレトゥサに言い寄ったのだ。アルテミス女神は、シラクサの海べりまで逃れたアレトゥサの姿を、泉に変えてやった。追いすがるアルフェイオスの手がおよばないように。

かくてますます、アレトゥサの清純なイメージは、私の中で増幅していった。

イタリアには、ミラノを経て、ナポリから入った。それからの数日、南イタリアの遺跡などを回った。そして、イタリア半島のつま先に当たるヴィラ・サン・ジョヴァンニの港から、フェリーでシチリアのメッシーナに渡ったのは、二月二二日のことだった。タオルミナに二泊した後、シラクサに向かった。沿道のアーモンドの花は散り始めていて、ミモザの花の濃い黄色が目立った。うちわサボテンが樹木のように太く大きく育っていた。日ざしが強く、ポロシャツ一枚でよかった。

シラクサにはお昼頃に着いた。まず考古学地区のギリシア劇場やデイオニュシオスの耳と呼ばれる洞窟などを見学した。小川さんの「修道士の墓地」に出てくるカタコンベが近くにあると分かっていたのに、寄ることができなかった。ツアーの添乗員のK君は、「そうした所は、お客さんがあまり喜んで下さらないんですよ。時間的余裕もありませんしね」

と言った。シラクサを、たった半日で見て回ろうというのだから、自由行動の時間も設定されていなかった。

オルティージャ島の旧市街には徒歩で入った。大聖堂の前を通ったが、その前の広場のあたりは石畳の敷き換え工事の最中で、土ぼこりと騒音がひどかった。古い建物は汚れたり石が欠けたりしていて、修復や保存が行き届いていないようだった。

シラクサは気候が温暖で、昔は緑も多かったであろう。紀元前八世紀には、ギリシアの植民都市となり、アテネと繁栄を競ったという。その後は僭主（タイラント）の手に落ち、やがてローマ人に支配され、ゲルマン民族が侵入し、六世紀のころにはビザンチンの勢力下にあった。次いで、アラブ、ノルマン、そしてイタリアという風に、支配者が目まぐるしく代わった。それらの支配者の痕跡を、あちこちに遺しながら生きのびて来て、この町は疲れ切っているように見えた。そして、最も古い侵略者であったギリシア人の遺した痕跡がアレトゥサの泉なのだ。

その泉は、オルティージャ島の西岸の海沿いに湧き出ていた。海とは岩壁一枚を隔てているきりだ。泉とはいえ、大きな古井戸といった感じだった。石の壁で周囲を守られた水面はかなり低く、もう日かげになっていた。おまけにパピルスが、水面を覆うように穂を広げていた。泉を見下ろせる位置に、ぐるりとフェンスが張られ、以前はあったらしい水辺への降り口は、施錠されていた。真水が湧いているというが、確かめようもなかった。

若い添乗員のK君が、この泉の由来について話し始めた。それがイヤホンを伝って聞こえてきた。その終わりの所で、次のように話すのを聞いて、びっくりした。

「……追っかけてきたアルフェイオスは、泉に姿を変えたアレトゥサを見て、自分も川の姿にもどり、泉の中に入り込みました。つまりアレトゥサはレイプされたわけです」

その夜、ホテルで、部屋に不具合はないかと巡回してきたK君を呼び止めて、訴えた。

「……K君がいくら現代っ子だといっても、今日のアレトゥサの泉についての説明は、あんまりじゃないの。……レイプされた、だなんて。あの泉に、どんな思い入れがあって、ここまでやって来たのか分かって？　……そういうのにいちいちつき合ってもいられないでしょうけど、あんまり酷くて涙が出そう……」

K君は抗弁もせず、あっさりと謝って部屋を出た。いちゃもんをつける客のいなし方を心得ている風だった。帰国してから、シラクサで手に入れた英文の案内書を読んでみて、また驚いた。アレトゥサの泉について、K君の説明とほとんど同じことが書かれていた。「レイプされた」という所は、「合体した」という表現になっていた。

（「藤枝文学舎ニュース」第三五号、二〇〇一年一月）

アルベロベロの町にて

イタリアの〈かかと〉の部分にあたるプーリア州に、アルベロベロという小さな町がある。州都バリから南東へ、五〇キロほど隔たっていようか。人口は一万人。町にはトゥルロ（複数はトゥルリ）という独特な建築様式の住居が立ち並ぶ地区があり、一九九六年にユネスコの世界遺産に指定された。

トゥルロの特徴は、とんがり帽子のような円錐形の屋根だ。平たい石灰石を環状に並べて積み上げ、てっぺんに、飾りのついた小さな尖塔を立てたりする。一つ屋根の下には一部屋しかなく、石積みの外壁は漆喰で塗り固めてある。この辺りは元来、石灰岩質の高原地帯に属している。

このアルベロベロの町に、たった一人の東洋人として、日本人の若い女性が暮らしている。A子さんである。彼女に会ったのは、二度目のイタリア旅行の時だった。今から数年前の二月末のことだ。

カプリ島を朝早く出たが、アルベロベロに着いたときには、もう暗くなっていた。ホテルの暖房がよく利かず、夜は冷えた。

翌朝、ロビーに集まっていると、A子さんが現れた。色白で、目鼻立ちがはっきりしていて、背がすらりと高かった。年齢は三〇そこそこに見えた。近頃、アルベロベロを訪れる日本人観光客がふえてきたので、この町在住のA子さんが、ボランティアとして、案内を積極的に引き受けているのだそうだ。

「博物館のような所があるといいのですけど、まだそこまで行き届かなくて……」

はっきりした物言いだった。

「どこかの会議室でも借りて、せめて展示なりとお見せしたらって、地元の人に働きかけているんですけど、間に合いませんでした。町起こしになると思うんですけど、ここの人達には、やる気があるのかないのか分からなくて……ペースが、本当にのろいんですよ」

じれったくて仕様がない、といったようなA子さんの口調が面白くて、笑ってしまった。

A子さんの後ろについて、町の見学に出かけた。晴れて風もなく、暖かかった。歩きながら、彼女から色色と説明を聞いた。


アルベロベロの語源は、ラテン語の「アルボルベッリ」から来ているらしい。美しい木を意味する。この辺りは昔、セルヴァと呼ばれる森林地帯でもあったという。

すでに有史以前に中東の一部族が移住してきた。紀元前八世紀以降は、ギリシアの植民地になっていたが、紀元前三世紀にはローマが占領した。その後キリスト教も伝わり、ビザンチン、フランス、スペインなどと、支配者が交代した。

トゥルロのルーツは、ギリシアの墳墓だともいわれる。語源はギリシア語のソロス。円形やドーム状の建物を意味する。

町のモンティ地区には一〇〇〇余りのトゥルロがあり、三〇〇〇人が暮らす。やや観光化している。アイア・ピッコラ地区は住居中心で、トゥルロは約四〇〇。一五〇〇人が暮らす。

A子さんは自分の家族のことを話し始めた。この町のイタリア青年と結婚して、すでに二児の母だという。夫の母と姉が同居していて、モンティ地区に住み、小さな土産物店を営んでいるそうだ。

トゥルロの密集した地区を遠景に望む原っぱに出た。道ばたの畑では、アーティチョークの蕾が目立ちはじめていた。A子さんの話は、異国での暮らしの苦労に及んだ。

「夫の母は、まだ六三なのに、一五〇年も前に生まれた人みたいなんです。考え方がとても古くて、ついていけません。私たち夫婦に初めて子供が生まれたときも、すぐに洗礼を受けさせろって、うるさくて……。子供が大きくなってから、自分で選べばいいんだっていう私と対立したんです」

「この国の人たちは、政府をほとんどあてにしていません。信用してないっていうか……。利益の一二〇パーセントくらいの税金を掛けてきます」

どうして今のような暮らしを選んだのか、と思わず問いかけていた。A子さんは、

「よくぞ尋ねてくださいました。憶測や噂をもとにしていろいろ言われるより、ずっとありがたいです」

と答えて、おおよそ次のように話した。

ローマに留学していた三年ほど前、夏休みを利用してアルベロベロに遊びに来た。

トゥルロを見て歩いているうちに、構造や中の生活にも興味が湧いた。あるトゥルロの前に老婦人が立っていたので、話しかけてみると、中に入れてくれた。そして、息子が屋根を修理しているところだと言った。

厚い石の壁を打ち抜いて設けられた狭い急な石段を登って屋上に出ると、一人の青年がこつこつと働いていた。A子さんは、そばに座り込んで見ていたが、いつの間にか手伝っていた。

母親が、お昼にしましょう、と呼んだ。A子さんもご馳走になった。午後も手伝い、家族と一緒に夕食をとった。その夜は、母親にすすめられ、泊まることになった。滞在が、二日から三日になり、一週間に延びた。そのうちに、若い二人もお互いに好意を抱くようになり、結婚することになった。

「どういうわけか、まず母親に気に入られちゃったらしいんです。……彼を私の両親に引き合わせるために日本へ連れて帰るときは、大変でした。何しろ彼は、飛行機に乗ったことがなかったんです。ひどく酔いました。……渋谷に連れていったら、すごい人込みにびっくりして動けなくなり、迷子になりかけました」

話し終わると、A子さんは急に無口になり、少しきびしい表情になった。これから彼女の家に案内してくれるという。

「母が店にいますから、温かく接してやって下さい。母について私が話したことはみんな忘れて……」

白い石畳の坂道を下った。塵一つ落ちていなかった。両側に壁の真っ白なトゥルロが立ち並んでいた。下りきると町の広場だ。そこまでの半ばあたりにA子さんの店があった。看板はなかった。入口の石段の前に、はにかんだような微笑を浮かべて立つ老婦人が、お母さんだった。化粧もせず、小柄な体を裾の長い地味なワンピースに包み、時流に取り残されてきた寂しさのようなものをまとっていた。

A子さんの店に入り、胸にトゥルロの絵柄のあるTシャツを買った。お母さんが、藁半紙に似た包装紙で、丁寧に包んでくれた。店を出て、バスの待つ広場に向かった。


（「藤枝文学舎ニュース」第四四号、二〇〇三年四月）

天水の朝

中国の甘粛省にのこる石窟をめぐる旅に参加したことがあった。今から四年程前の八月末のことだ。まずは蘭州から、バスやモーター・ボートを乗り継いで炳霊寺の石窟を訪ねた。その後、シルク・ロードを折り返して、天水まで来た。ここを足がかりに、麦積山石窟に行くことになっていた。

天水は、西安―蘭州間の真ん中あたりに位置している。その地名は、天の川の水に由来すると聞いた。黄河の支流の渭河（いが）に面していて、近辺に秦の始皇帝の祖先が住んでいたらしい。渭河を天の川に見立てたのは、秦の始皇帝であった。南郊に大泉井があり、大昔から住民に飲料水を供給してきたことが地名のいわれだとする説も有力である。古来、シルク・ロードの要衝であった。

午後のまだ早い時間に、天水に到着した。鉄道の駅の近くでバスを降りた。駅前はだだっ広くてほこりっぽかった。木陰もなく、日がまともに照りつけた。整備の途上といった感じだった。中国人の現地ガイドのＫ君が、遠くの一角を指さして、

「公衆トイレは、あそこにあります」

と案内した。そこには、工事現場で見るような簡易トイレが二基据えられていた。

駅前の広場にトラックや乗用車のたぐいは、ちらほらしか見えず、自転車は勝手な場所に止められていた。そんな空間を、人人は、てんでんばらばらに行き交っていたが、活気があった。

Ｋ君の提案で、自由市場に寄ることになった。新鮮な農産物が売られているという。市場は売り手と買い手の掛け合いなどで、ざわついていた。広い空き地にテントを張りめぐらし、その下に茣蓙（ござ）や板を敷いて、品物を並べていた。大きな竹の籠に盛ったトマト・茄子・ささげ・桃・瓜。網の袋に入ったままの玉葱。干した唐辛子やトウモロコシの粒でいっぱいの叺（かます）がでんと据えられていた。

露天で売る人たちもいた。キャベツだけを山と積み上げ、その傍らに農婦と見える売主が、押し黙ってしゃがんでいたりした。Ｋ君によれば、こうした市場の賑わいは近ご

ろのことだという。そして、こんな風に話した。

共産主義国家の中国では、土地はすべて国家の所有であり、その土地からの産物もまた、国家の所有だとされてきた。農産物を供出した後、余っても、売ることを許されていなかった。私腹を肥やすことになるからだ。そうしたあり方が、農村の疲弊と貧困を招くことになった。そんな中で、農業を始めとする産業全体に、ある程度の自由化を導入したのが鄧小平だったという。かくして自由市場は誕生し、農民が競って余剰農産物を市場に持ち込むようになった。生産者直売である。

その夜は、天水の郊外の新しいホテルに泊まった。

翌朝、六時少し前に目が覚めた。カーテンの外は明るかった。窓を開けると、外には靄が薄く立ちこめていた。靄の彼方に、なだらかな山の連なりが見えた。そしてその右手の稜線の辺りで、空が白熱したように光っていた。まもなく、日が昇るのだろう。

ホテルの前には、広い舗装道路が通っていた。向かいの歩道のしだれ柳の並木が、ときどき風になびいていた。幹が細く、丈の低い若木だった。その前の車道を、野菜や果物を積んだ大八車や自転車が、右から左へと過ぎて行った。自動車は一台も通らなかった。リヤカーもなかった。静かなものだった。

やがて、一人の女の動きが目についた。歩道から車道に下りては、積荷をあらためるかのように車を止めた。取締りでもしているのだろうか。大方は、女を無視して通り過ぎた。何か気になって、外に出てみた。

ホテルの前で、しばらく眺めていた。道路は、右の方でゆるい上り坂になっていて、その向こうに大きな橋が見えた。とすると、その下を流れているのは渭河だろうか。

二台の自転車が並んで、ゆっくりと走り過ぎた。両方とも後ろの荷台には、玉葱をつめた網の袋が振り分けにつるされていた。次いで、パンチ・パーマをかけ、口髭を生やした中年の男が現れた。玉葱の入った大きな麻袋を、リュックみたいに背中に背負って悠悠と歩いて行った。

引っ詰め髪にもんぺ姿のうら若い母親が、一〇歳くらいの男の子に後押しさせて、キャベツばかりを山と積んだ大八車を引いて行った。その木製の車輪にはゴムタイヤがついておらず、さびた鉄の枠がはまっているだけだった。昭和の初めごろ、私の里親のじいさんが、畑に行く時に引いていたのと同じ代物だ。みんな、自由市場を目指しているらしい。

向かい側の歩道に渡った。

くだんの女は、薄色のパンタロン・スーツを着て、かかとの低いパンプスを履いていた。四〇歳くらいに見えた。口紅を薄く引き、髪にはパーマがかかっていた。バッグを抱え持つ手は、荒れてもいなかった。町で暮らしているのだろう。小学一年生くらいの女の子がそばにいたし、お上からの職務を遂行しているような張りつめた気配もなかった。

では、何をしているのだろう。私は、歩道の外の河川敷らしい草むらや畑に目をやったり、散歩する振りをしたりなどして様子を見た。

女が自転車の男を引き止めた。荷台にくくり付けた籠には、ささげの大きな束がいくつもあった。女はその一つを摑み出し、固く丸く縛った束を上向けて、その真ん中あたりの豆を何本か引きずり出した。そして、気弱そうなその男を語気鋭く責め立て、何らかの返事を迫っているようだった。

男はがっくりと首を落とし、もうどうでもいいと言うように荷を下ろした。女がいくばくかの紙幣を差し出すと、男は、いまいまし気にそれをひったくり、自転車の向きを変えて、走り去った。

思うに女性は男の荷を買い叩いたのであろう。その方便として、男が束の真ん中に出来の悪い短い豆を包み込んで隠しているとと責め立てていたのではないか。男の姿が見えなくなると、女は荷を歩道脇の草のかげの目立たぬ場所に運んだ。そこには既に二、三の荷があった。

と、そこへ、小柄で、痩せて貧相な男が左手の方から現れた。野良着にサンダル履きで、一〇歳くらいの少年を連れていた。少し離れた所に自転車を乗り捨てて来たらしい。女は、近づいた二人をきっとにらみ付け、天水の駅の方を真っ直ぐに指さし、声をふるわせて何事かを喚いた。男と少年は、あわてふためいて引き返し、自転車に相乗りして、死に物狂いでペダルを漕いでいった。

以下は私の推理である。

女は男と少年に、「ぼやぼやしていないで、市場の場所取りに行け」と命じた。その上で荷を取りに戻れ、とも。男は女の夫で、妻の言うことを聞かざるを得ない立場——病気や失業などで——にあった。女は家族の生活を支えるべく才覚を働かせた。

つまり、市場に荷を運ぶ近在の農民が通るこの道に待ち伏せして、狙いをつけた相手から、さばき易そうな品物を安く買い入れて市場に持ち込むのだ。大胆でたくましく、いわば中国の流通の盲点を突く商法であった。

いつしか日が昇り、靄は消えていた。道を行く人や車の列も途切れ、あの女の一家の姿も見えなくなっていた。

（「藤枝文学舎ニュース」第四六号、二〇〇三年一〇月）

オランウータンに会いに

十数年前（二〇〇二年）のことになるが、先島諸島に旅をしたことがあった。一一月のはじめだった。宿泊予定の小浜島のホテルで、ロビー・コンサートがあるというので、夕食のあと、会場に行った。そして民謡や島唄をたっぷり聞いた。三線を弾きながら歌ったのは、若い男性歌手だった。内地から移住してきたと話していた。なかなかの美声で、情感にあふれていた。

それを聞きながら、私は手拍子をとったりして、身も心もとろけそうにくつろいでいた。それは、同行していた夫がいぶかるほどの有りさまだったようだ。私は、そのころから、私のルーツは南国にあると思うようになった。

コンサートの日の昼間、西表島に行って、仲間川を船でさかのぼった。熱帯雨林の間を流れる川からの暖かい風に吹かれていると、何だか、母親の胎内へ回帰していくような懐かしさが込み上げた。上陸して、サキシマスオウの木を見て、ジャングルのなかを、しばらく歩いた。

また、由布島からの帰りには水牛車に乗って、海の浅瀬を渡った。こうした時間の余韻が体の中にのこっていて、くつろぎを増幅したのだろうか。

日本人の祖先はどこから来たのか。そして私のルーツは、どのあたりなのか。

日本人の祖先が日本列島に渡ってきた道筋は、おおよそ三つあると言われている。すなわち、北からは沿海州を経て樺太や北海道に渡り、西からは、朝鮮半島、対馬を経て九州に達した。南方系のグループは、東南アジア方面から島づたいに北上したというのだ。

私のルーツは、その南方系の人人ではなかろうか。色が黒くて二重瞼。そして丸顔で小柄。そうした身体的特徴もさることながら、先島でのあのくつろぎ方は尋常ではなかった。水を得た魚のように自由で、いきいきした気持ちになった。それこそが、自分のルーツが南国である証ではないのか。そうした勝手な思い込みから、その後の私の旅は、南へ南へと進路をとる。

そして翌年はインドネシアへ。ボロブドゥールとバリ島のほかに、ジャワ島中部のサンギラン遺跡を訪ねた。そこは河岸段丘のようになっていて、その斜面から、ジャワ原人の頭骨や大腿骨化石が発掘されたというのだ。

二〇〇六年のタヒチまでは夫といっしょの旅だったが、三年前（二〇一二年）のカンボジアからは独りになった。その前年に、夫は亡くなった。八四歳だった。アンコール遺跡をつつむ熱帯雨林の中を、杖をつきながら、存分に歩いた。汗みどろになったが、とても幸せな時間であった。

今年（二〇一五年）の春さきには、はるかに遡れば、自分とつながるかもしれないオランウータンに会いに、ボルネオの森を訪ねた。

親が捕獲され、孤児になったオランウータンが、キナバル山麓のリゾート施設の裏山にある保護区に棲んでいた。急な山道を小一時間登って、柵越しに、ほんのしばらくお目にかかった。長い手や脚をしなやかに操って、密林の木木の間を、枝から枝へと渡るのが見えた。とても愛らしく、私は、自分の幼い弟でも眺めるように、目を細めた。

オランウータンの血液型には、A型が多いと聞く。日本人にはA型が多く、私もA型である。


（文芸多摩合評会、二〇一五年七月）

マルタにて

マルタ、すなわちマルタ共和国。英連邦の一員で、地中海の真ん中にある島国だ。シチリアから南へ一〇〇キロメートル、アフリカ北岸のリビアから北へ三〇〇キロメートルほどへだたった海上に浮かぶ五島からなる。一番大きいのはマルタ島、ついでゴゾ島、そしてコミノ島。ほかに、小さな無人島が二つ。それら全部を合わせても、国の総面積は、淡路島の半分ほど。

海外への旅にこだわる私に、行きたいところへは行き、見るものは見たではないか、と言う知人がいる。友人や身内からは、

「なぜ、海外なの？　国内にだって、いろいろあるでしょうに」

「テロに遭ったら、どうするの？」

「遺体の引き取りには、行けないから」

などと言われながらも、この春、私は、八六歳にして、ようやくマルタに降り立った。

そして、マルタとゴゾの二島を、一週間かけて回った。四月のはじめのことだ。

天才的な画家でありながら、殺人まで犯したカラヴァッジョは、逃亡の途中でマルタ島に立ち寄り、大作「洗礼者聖ヨハネの斬首」をのこした。

ゴゾ島やマルタ島には、先史時代の巨石神殿跡があり、世界文化遺産に登録されている。また、オスマン・トルコの侵略を防いだヨハネ騎士団（＝マルタ騎士団）の戦勝記念パレード、「イン・ガーディア」を再現したショウも観覧できるらしい。


現地ガイドのまい子さんの話によれば、マルタは、一万年くらい前には、シチリアと陸続きだったそうだ。ミニバスで郊外を走ると、道ばたに、うちわサボテンが、にょきにょきと立ちならんでいた。

私は、まい子さんに尋ねた。

「サボテンは、何かに利用されているんですか」

「いいや、それはないようですよ」

と、まい子さんが答えた。まい子さんは、四〇そこその体格のいい日本人女性だ。おだやかだが、話しぶりが、きっぱりしていて、気持ちがいい。

メキシコやシチリアでは、うちわサボテンから、ジャムや酒をつくると聞いた。そういえば、マルタのそれらには、どこか勢いがない。うちわが小さくて厚みがなく、色も淡い。全体の丈も低かった。

まい子さんの話がつづいた。

「陸続きだったのが、だんだん沈降して、マルタの島島は、地中海の真ん中に取りのこされたわけです。島は、石灰岩からできています。島の人たちは切り出して、家やビル、聖堂の建築などに使います。標高は、高いところで二五〇メートルくらいしかありません。年間平均降水量は五七〇ミリ（日本の約四分の一）程度しかなく、それをたくわえておく森や林、川や湖もありません。しかも、岩盤の上に堆積している土壌の層は、そんなに厚くないんです。農耕には適していません」

沿道のおちこちに広がるのは、草原ばかり。オキザリスやタンポポの仲間。そして名前の知れない草たち。それらが、いっせいに、あざやかな黄色の花をつけて、風になびいていた。野生にしろ、播種にしろ、それはそれで美しかったが、作物は見当たらない。

それでもたまに、まだ穂の青い烏麦の群落があった。まい子さんは、「飼料用」だと説明した。この島の人たちが食用に飼うという兎の餌にでもなるのだろうか。

「兎は繁殖力が旺盛ですからね。一度に五、六頭もの仔を生みますから」

と、まい子さんが言った。

私は、子供のころ、里子に出されていて、里親のじいさんは兎を飼っていた。それをときどき、じいさんは、近所の兎屋に持っていって、買ってもらった。髭の濃い兎屋のおじさんは、裏の倉庫で、足を縛って吊るした兎ののどを掻っ切り、血を抜いた。そのあと、店先の大きなまな板の上に持ち出して解体し、毛皮と肉を取った。その作業が、外から窓越しに見えた。

春になると、私は、大きな籠を背負って、兎の餌にする草を刈りに、川べりの土手まで、はるばると出かけた。兎は、はこべや杉菜、タンポポが好きだった。

兎屋の君ちゃんは、私より二つくらい年上だった。兎屋の裏庭で、まりつきや、けんけんをした。

まい子さんがつけ加えた。

「人口がふえてくると、飲み水が足りなくなりました。雨水を溜めておくくらいじゃ間に合わなくなったんです」

そういえば、マルタへの旅行に先立つ説明会で、マルタには、シャワーだけしかないホテルが、いくつもあるという話を聞いた。周りを海に囲まれていても、海水をそのまま汲んで、飲み水や生活用水に利用するわけにはいかないのだ。

マルタは船に似ている、と思った。船主や乗員は、目まぐるしく交代し、乗客の出入りもあった。シロッコやミストラルのもたらす風雨をしのぎ、戦にも耐え、航海をつづけた。そして、やっと独立という岸辺に漕ぎつけた。そんなことを考えていたら、私のなかから、遠い日に学んだ詩句が浮かびあがった。イギリスのロマン派の詩人、コールリッジの「老水夫行」の一節である。(The Rime of the Ancient Mariner,part 2)

……………………

Water, water, every where,
Nor any drop to drink.
水だ、水だ、まわりは　水ばかり、

しかし、一滴の飲み水もなかった。（宮下忠二訳）

老水夫の乗った船が、赤道を越え、嵐のために南氷洋をさまよい、太平洋の熱帯の海へと押し流され、アホウドリや海蛇のからまるいろいろな不思議に翻弄された末、母国に帰りつくという長い物語詩の一節だ。

私は、英文科の学生だったころ、この詩の講義を、土居光知先生から受けた。先生は客員教授として招聘され、キャンパスのなかの宿舎に泊まっておられた。東北大を退官されて間もなくではなかったか。昭和二七年ころのことだ。

先生は教卓を背にして立ち、さきに引用したくだりを、ゆっくりと感情をこめて、まるで老優のように、おごそかに発音された。老水夫の悲哀を伝えようとされたのであろう。体格がよく、大きな赤ら顔の先生は、その顔をさらに紅潮させ、ややしゃがれた野太い声で、朗誦された。

先生の発音は独特だった。たとえば一行目は、私には次のように聞こえた。

「ワーター、ワーター、エッブリホェア」

日本的と言ったらよいのだろうか。とても分かりやすく、その声を聞いていると、悲哀を感じるというよりは、何だか、ほのぼのとした気持ちになった。その場面や先生の声が、時や所を越えて、ありありとよみがえった。

ガイドのまい子さんの声が聞こえた。

「でも今は、海水を淡水化する技術が開発されて、水の心配は、ほぼなくなりました」

ホテルにもどって、あらためて点検してみたが、水回りに不具合なところはなかった。ほっとした。もっとも、飲み水は、ペットボトル入りのミネラルウォーターが、頼りだったが。ホテルでは、日に一本、五〇〇ミリリットル入りを、「ギフト」として提供してくれた。食事の際には、添乗員からの差し入れがあった。外で買うときには、二ユーロ、日本円にして、二〇〇円前後払った。それらは、多くヨーロッパの国国から、輸入されているようだった。

（文芸多摩合評会、二〇一八年六月）

飛山濃水

（故郷）

大垣城

そろばん

二年ほど前に左大腿骨を骨折した。リハビリをかねて、日に一時間ほどのウォーキングをつづけている。

ウォーキングのコースは何通りかある。途中で大栗橋のたもとのコンビニに寄って、コピーをとることもある。この店の画面プレビュー機能のついたゼロックスが気に入っている。橋は多摩川の支流の大栗川にかかる。

橋を渡って左折すると、道沿いに川土手を背にした店が数軒並び、中ほどに青果店がある。店のたたずまいは、私がこの町に越してきた五〇年前とほとんど変わらない。間口が広くて風がまともに入りそうだ。梁がむき出しの黒ずんだ天井から裸電球がぶら下がっている。自家製の漬物が樽ごと置かれ、昔ながらの八百屋という感じだ。

久しぶりにその店に寄ると、やせて小柄なおばあさんが一人で店番をしていた。果物や野菜をならべた台のかげに、机を前にして、ちんまりと腰を掛けていた。私が袋詰めのじゃがいもと人参、そして富有柿を三つ差し出すと、おばあさんは椅子に座ったまま、腕をのばして品物をたぐり寄せ、そろばんをはじきはじめた。私のいる所からそろばんは見えず、玉が触れ合う「しゃき、しゃき」という高くて澄んだ音だけが聞こえた。帰り道で昔のことを思い出していた。

私が小学校に入ったのは昭和一三年の春。やがて算術の授業に珠算が加わった。私が家から持たされたのは大きな番頭そろばんだった。間もなく太平洋戦争に突入するころで、物が不足していたから文句は言えなかった。

しかし、五つ玉の大きなそろばんを扱うのは、子供には荷が重かった。他の子供たちは、軽くて小ぶりな四つ玉のそろばんを使っていた。珠算大会では、五つめの玉に無用な手出しをしてスピードが落ち、上位をのがした。けれど、かたい木製の大きな玉がはじかれて触れ合うと、えもいわれぬ美しい音を立てた。

青果店のおばあさんのそろばんの音が、なつかしい思い出を呼び寄せた。
二、三日してまた、その店に寄った。おばあさんの使っていたそろばんが見たかった。しかしその日、おばあさんは店におらず、息子さんらしい五十格好の男性が電卓で計算をした。そろばんが机の上に見えた。携帯用の小型で四つ玉だった。プラスチック製のようだった。
私が、「おばあさんは、お元気ですか」と声を掛けると、店の奥にいたお嫁さんらしい人が、「元気ですよ。裏の倉庫で、じゃがいもの袋詰めをしています」と答えた。
ほっとして店を出た。

（『むさしのコスモス』第一七九号、二〇一二年六月）

書道教室

デパートのカルチャー教室で書道を習おうと思い立った。自作の短歌を、できることなら、ひらがなの連綿体で色紙に書いてみたくなったのである。来年は七〇歳になる。二〇年ほど前から短歌の勉強をしていて、しばらく前に歌集も出した。地方の短歌大会に応募して入賞したこともある。自分の歌を毛筆で書かされたこともあった。筆ペンを使ってごまかしたけれど、悔しかった。そのうちに、習えばなんとかなるかも知れないという考えが浮かんだ。小学生のころ、書初め大会で入賞したことを思い出したのだ。

私は幼いころ、子供のいない老夫婦のもとへ里子に出されていた。小学校入学を機に実家に引き取られたが、翌年の二月、雪の夜ふけに、母が頓死した。父は中国大陸に出征していた。一三歳の姉から生後半年の妹まで、七人の子供が残された。それでまた、私は里親のところに戻った。最終的に実家に帰ったのは、昭和一六年秋のことだ。小学校四年生になっていた。父は戦地から帰り、新しい母が迎えられていた。

実家に帰ると、毎晩、お習字の練習をさせられることになった。部屋の隅の小さな机の前に、赤っぽい電灯に照らされながら正座して、「四方拝　初日影」の六文字を、何度も書いた。年明けの書初め大会に備えてのことだった。母は、ときどきそばに来て、机に擦りつくように座って言った。

「隣のミヨちゃんに負けたら、あかん！」

ミヨちゃんは、道を隔てた隣の菓子屋の娘だった。私の家もミヨちゃんの家も、大垣の町はずれの国道沿いに立っていた。

ミヨちゃんと私は同い年で、小学校に入学した時は、いっしょのクラスだった。教室では、前から三番めくらいの席に、私と眼鏡屋の息子のT君が並んで座り、ミヨちゃんは、そのすぐ後ろに薬屋の息子のI君と並んでいた。背丈の順だった。I君は、休み時間になると、ミヨちゃんの頭の後ろに手を回して、髪をきつく引っ張った。ミヨちゃんは、痛くて顔をゆがめながらも、黙って耐えていた。

そのミヨちゃんが、このごろ、めざましい成績をあげている、と母が言った。

「みいちゃんは、じいじの所にいたから知らんやろけど……。やっぱ、三人きょうだいの長女やわ。しっかりしとるし、親も力を入れてござる」

私は、七人きょうだいの真ん中だった。ミヨちゃんは、勉強や習字を習いに行っていて、書初め大会に入選したりしているというのだ。大会の入選者の作品の展覧会が、毎年三学期の初めに小学校の講堂で開催され、父兄も見物に来た。入選者やその親たちにとっては、この上もなく晴れがましいことだった。

ミヨちゃんが、新しいハーフコートを着ていると知れば、母は早速、私にもあつらえてくれた。私のやる気を刺激しようとしたのかもしれない。既製品など売っていなかったし、ウールの布地を扱っている店も限られていた。通学路の途中の大通りに面して新しく開店した洋裁店に、母は私を連れていった。師走の風の冷たい夜のことだった。その店先にはミシンが何台も並んでいた。その奥から応対に現れた女主人は、フランス人形みたいにキュートな感じだった。カールした赭(あか)い髪が色白な顔を縁どり、細い腰に長いスカートが似合っていた。

私に習字の練習を強いた母の真意は、何だったのだろう。ミヨちゃんの母親を相手の代理戦争というのでもなかった。初婚だった新しい母は、父より一回りも若く、母親業の手ごたえが欲しかったのだろうか。

ともかく、私は、翌春、四年生の書初め大会で佳作に入賞することができた。特選が最高の賞で学年に一人、次は秀逸で、学年に二人が授与された。佳作は、五人くらいいたのではないか。そこまでは別格で、展覧会では展示にスペースをとり、高く掲げられた。その次の年には、「大東亜戦完遂」と書いた行書の作品で秀逸に入賞した。そして、それらに引きずられるようにして、学力も向上した。

デパートの書道教室への新入会員は、私を含めて女性が三名であった。教室には、すでに一〇名くらいの継続会員が来ていて、そこに新入会員が加わるかたちだった。年配者が多かった。

新入会員は、教室の机の一番右の列に着席するように指示され、いわゆる「永字八法」の練習から入った。「永字八法」とは、「永」の字に筆法の基幹となる八つの点画があると見る書法の原理だ。それをクリアするのに、私は、第一回目の二時間を全部費やした。気がついてみると、新入会員の中のどんじりだった。

帰りがけに、先生から、次の段階のお手本を渡された。そして、

「このままだと、進むのがほかの人たちより、どんどん遅れてしまいますから、家で練習してきてください」

と、言われた。

久しぶりに筆を持ったときの自分を思い返してみると、おろおろどきどきしているばかりで、湧き上がる妄念のコントロールができず、一点一画すら自在に書けないような状態に陥っていた。遠い昔の栄光など、何の役にも立たなかった。

（『現代随筆選書　一八四』、二〇〇一年一一月）

ふるさとは遠きにありて

「ふるさと」が、自分の生まれた土地を指すのなら、それは美濃の大垣である。長く住んで、ゆかりのある土地を指すとすれば、東京がふるさとだということもできる。

東京に住んで五〇年近くになる。学生として過ごした期間を加えれば、半世紀を越す。武蔵野南部の多摩丘陵にあるこの町に居を定めてからでも、三十数年が経った。引越した当初は、長女と次女、私たち夫婦と夫の母との五人家族だったが、四年めに長男が生まれた。それから一〇年ほどして、夫の母が亡くなった。九三歳だった。その後、長女も次女も結婚した。その間、私は都心の職場に勤めを続けた。

これだけの経緯があるのに、東京を故郷だとは思えない。私にとっての故郷は、一八歳のときに後にした大垣である。

定年で職を退き、体の中を風が吹き抜けるような日日を送るようになったら、東京に住む自分が、根なし草のように思えてきた。しかし、大垣を訪ねたところで、昔の風物や人人に会えるはずもない。すべては移り、懐かしい故郷は、今や私の思い出の中にしか存在しない。

大垣は昔、大井荘（おおいのしょう）と呼ばれていた。天平のころ、聖武天皇が東大寺に施入した水田一万町歩のなかに含まれていたという。木曽、長良、揖斐の三川が南流して、肥沃なデルタを形成する濃尾平野の西端に位置する。古代にしてすでに、農耕が日常化していたのであろうか。水とは縁の深い土地柄であった。

私が子供のころ、大垣には湧水が豊富だった。どの家にも自前の井戸があった。家庭用は浅掘りで、一五メートルくらい掘ればよかった。蛇口にはコックなどなかった。井戸水は湧きつづけ、井戸ぶねから溢れっぱなしだった。海抜ゼロメートル地帯だから、水は地中に沁み入ることなく、低きに向かって流れるほかはなかった。溝をつたい、小川をくだり、川に流れ入った。川は網の目のようにからみ合い、やがては大河に合流する。

私が一〇歳まで過ごした里親のじいさんの家は、新地町といって、大垣でも特に低い地区にあった。梅雨どきには、横を流れるどぶ川から氾濫が始まり、床上まで浸水することがよくあった。住人たちは動じることもなく、畳を上げて二階暮らしを始めた。汲み取り式の便所も井戸もいっしょくたになったが、井戸の湧き口に、節を抜いた青竹を差し込んで、飲み水を確保した。

出かける時には、小舟に乗った。道が水路になり、アメンボやハリンパ（＝ハリヨ。トゲウオ科の淡水魚で県の天然記念物）が泳ぎまわる中に棹をさすのは、私の里親のじいさんだった。私は、じいさんのことを得意に思った。

生家は、町はずれの国道沿いにあった。水がつくことはなかったけれど、家の東側には川が二筋、並んで流れていた。低い片方には土手がなくて浅かった。近くの避病院の廃水が垂れ流しになっているというその川に、藁ぞうりを履いて入り、ズンバイ（カラスガイ）を拾った。近くの水田の稲刈りが終われば、スカートの裾をからげて、膝まで埋まる泥田に入り、バケツがいっぱいになるまで田螺（タニシ）を掘った。

大垣を離れたのは、昭和二五年四月だ。その後、大垣の水は危機的状況を迎える。紡績業などで地下水を汲み上げ続けたことが地盤の沈下をもたらし、水脈も涸れ始めた。

町を流れる川から取水しようとしたが、工場廃水による汚染で、飲用には使えず、結局、水道になった。

水とのかかわり一つを見ても、こんなにも変転した故郷なのに、なぜか忘れられない。

そんなある日、私の住む町に隣接する府中市の〈郷土の森博物館〉で、『武蔵野の春——花の名所のなりたち——』と題した特別展を見た。三、四年前の春のことだ。

博物館の客足はまばらだった。若い学芸員の熱心な解説を聞きながら、会場を回った。

私が驚いたのは、花の名所となるまでの武蔵野の変貌ぶりであった。

古代の武蔵野は、草が生い茂るだけの原野だったらしい。あまりに広くて道に迷う旅人が多く、飢えたり病気になったりの行路病者がふえたので悲田所（ひでんしょ）まで置かれていた。

武蔵野や行けども秋の果てぞなきいかなる風か末に吹くらん　源　通光
行末は空もひとつの武蔵野に草の原より出づる月かげ　藤原　良経

二首とも、新古今集にある。従って、鎌倉時代の歌だが、歌枕としての武蔵野のイメージをよく伝えている。月に芒（ススキ）、それに秋風の吹く荒涼とした風景である。

武蔵野が本格的に開発されるのは、江戸に幕府が開かれて後のことらしい。決定打は、享保七（一七二二）年の将軍吉宗による年貢増収のための〈武蔵野新田〉開発令だったという。八十余りの新田村が誕生した。村の人人は屋敷の裏に雑木林を設けた。風よけや火よけにもなったが、薪炭を得るのが主な目的だったようだ。

かくして「秋草がなびく武蔵野」は、「雑木林の武蔵野」へと変貌を遂げる。玉川上水が引かれ、その両岸の堤に桜が植えられた。

特別展の図録に、こんな文章が引用されていた。上林暁の『武蔵野』からだという。

武蔵野はめまぐるしく変貌する。東京という大都会の触手に侵蝕されて、片時もとのままではいない。……しかし……嘆くには当たらない……。その変貌を、逆に武蔵野の側からいえば、東京という大都会を呑食（どんしょく）して新しい武蔵野を生みつつあると思えるからだ。

この場合、人間は大都会の側に属するだろう。つまり、私もまた、武蔵野に呑み込まれつつあるといえないだろうか。武蔵野の雑木林は次次に伐採されて、住宅地に変わりつつある。その渦の中に私も入っている。

故郷の大垣については、どうだろう。かつて私が愛した山河は、それらに私が注いだ眼差しを埋めたまま、過ぎ去ってしまった。私の洩らした吐息は、故郷の空を吹く風の中を漂遊しているのだろうか。私は故郷の一部になり、故郷は、遠く住む私に風の息を吹きかける。だから故郷を思うとき、長く失われていた自分の体の一部にめぐりあったようにいとおしいのだ。懐かしさの正体はこんなところかもしれない。そして近ごろは、こんなふうに思うようになった。

大垣にしろ東京にしろ、彼らの壮大な移り行きからすれば、私が立ち会えるのは、その過程のほんの束の間だ。その束の間を、彼らの懐にしっかりと抱かれて暮らすのがいい。


（『現代随筆選書　一八七』、二〇〇三年一一月）

校歌の思い出

昭和一三年四月に、大垣市立東小学校に入った。それが、昭和一六年四月には国民学校と改称された。広辞苑には、国民学校は「皇国民の基礎的錬成を目的とした」とある。その年の一二月には太平洋戦争が勃発しているから、国の軍国政策と何らかのかたちで連動していたのであろう。私は小学四年生だった。やがて、子供たちは「少国民」と呼ばれるようになった。

小学校から国民学校へと名が変わり、新しい校歌ができた。それを発表して祝う式典が、来賓を招いて講堂で開かれることになった。講堂は体育館もかねた構造になっていて、天井が高く、窓が大きくて明るかった。暗幕や映写の設備なども整っていた。実はその講堂も、二面のプールと一緒に落成したばかりだったから、式典は、それらの披露もかねて、大大的に行われた。

講堂とプールは、東京で事業に成功した一卒業生の寄付によって建設されたという。式典の時、背が高くて恰幅のよい五十年配の紳士が紹介され、壇上で挨拶した。彼はまた、全校生徒に記念品として、自分の名前の入った文鎮を配ったりしたので、彼の兄に当たるI氏の選挙運動ではないかという声もあった。I氏は、地元で不動産業を営み、市議会では古顔の議員だった。磊落な人柄で、人の面倒見がよく、信頼されているようだった。

私はI氏の顔を知っていた。私の里親だったじいさんが、その店を訪ねたときに付いていったのだ。じいさんに、どこへでも付いて歩いたけれど、幼くて大人同士の話の中身はわからず、じいさんの脇で相手の顔をじっと見ていたりした。

小太りのI氏は、アームチェアにゆったりと掛けていた。大きな丸顔に黒ぶちの眼鏡をかけ、その奥から静かな眼差しを相手に注いだ。頭のてっぺんの髪はすでに薄く、堂々とした押し出しだった。その兄に比べると、壇上の弟は、手を前で組んだりして、どこか優しげだった。

今回の寄付の発意はI氏だったのかも知れなかった。しかしそれは、選挙目当てというよりは地元の振興に一役買ったというべきだったろう。国民皆泳が叫ばれ、それまで川でしか泳いだことのなかった子供たちに、どうしてもプールが必要だった。大本営は、すでに南進政策を決定し、大陸から南太平洋へと軍の移動が始まっていた。海の戦に備えての水泳奨励だという噂も流れた。

さて、いよいよ校歌発表の段になった。作曲者のK氏が招かれ、彼による歌唱指導が行われる予定だった。

この日に先立って、生徒は何回も講堂に集まり、練習を重ねていた。指導は、私たちのクラスの受持の松下むね先生だった。先生は、音楽の教科を得意としていた。口数は少なかったけれど、肝っ玉母さんの趣きがあった。すでに三児の母だったが、十分に美しかった。化粧もせず、長い髪を引っ詰めて後ろにまとめ、留めていた。当局から乾布摩擦を奨励されると、体育の時間などに運動場で、自ら率先して上半身裸になって生徒の前に立ち、かけ声を掛けながら、亀の子たわしで胸をこすって見せた。乳房が揺れ、色白な肌がたちまち赤く染まった。世が世なら烈婦の仲間入りをしただろう。

私は、こうした先生のありように、二年ほど前に亡くなった母の面影を見ていた。先生も、なぜか私に目をかけてくれた。

作曲者のK氏がタクトを持って、講堂の壇上に上った。銀縁の眼鏡をかけ、こげ茶色の古びた背広を着た温和そうな老人であった。伴奏の松下先生は、威儀を正してピアノの前に座った。生徒は全員起立した。やがてタクトが振られ、斉唱が始まった。歌詞の一番は、次のようになっていた。

国宝大垣城東に
立てる我等が国民校
輝く聖代(みよ)の御光(みひかり)に
校運いよいよ栄えゆく

ここまで歌ったところで、K氏はタクトで机をたたき、歌うことを押しとどめた。歌い方が違うというのである。すなわち、歌い出しの「国宝大垣城東に」の「城東に」は、「ジョオトオニ」と滑らかに歌うのではなく、「ジョッホ・トッホニ」とアクセントをつけて歌えというのである。

私たちは戸惑った。歌ってみて、今度は吹き出した。耳で聞いて理解できないし、場所の表示としても、そんな発音は地元になじまなかった。でも、従うほかはなかった。一番困ったのは、指導した松下先生だったろう。背伸びして人垣の間から見ると、先生は顔を赤らめて、うつむいていた。楽譜にあらかじめ指定があったのか、なかったのか。

いずれにしろ、並みいるお偉方の前で、指導方法にいちゃもんをつけられたことは確かだった。K氏にしてみれば、為にしたことではなかっただろうが、私は自分が辱めを受けたように悔しかった。松下先生は何の言い訳もしなかった。そんな先生が痛痛しくて、かわいそうだった。

その後、私たちは、多分直された方の歌い方で、さんざんに校歌を歌ってから、昭和一九年三月、国民学校を卒業した。その学校も講堂も、四層の天守閣を備えた国宝大垣城も、昭和二〇年七月末の大空襲で丸焼けになった。そしてその翌月、日本は敗戦を迎えた。「国民学校」は廃止になり、また「小学校」にもどった。

それから時は流れて、平成一二年四月のことになる。K氏に校歌の指導を受けてから六〇年近くが経っていた。大垣のホテルで、国民学校の卒業同期会があるというので、友人の誘いもあり、初めて出席した。お互いに年を重ねていて、その老いた風貌から、少年少女の頃の面影を探り出すのは、難儀なことだった。

同期会の最後に、国民学校校歌の斉唱があった。歌詞のプリントを手に、声を張り上げた。ふと耳を澄ますと、みんなが確かに「国宝大垣〈ジョオトオニ〉」と、松下先生の指導の通りに歌っていた。先生の名誉が回復されたようで嬉しかった。そして、何か憑きものでも落ちたように楽になった。

（「藤枝文学舎ニュース」第四五号、二〇〇三年七月）

パルピテーション

昨年の八月の末のことだ。昼過ぎに、たまたまテレビをつけたら、ＮＨＫの「スタジオパーク」という番組が映っていた。その日のゲストは、放映中の朝の連続ドラマ「花子とアン」の音楽担当だという女性の作曲家だった。三〇代後半と見えた。目を細めて、おだやかに話した。

「〈パルピテーション〉ということばをはやらせたいんです」

対談の相手の女子アナは、それはごもっとも、という風にうなずいたが、私には何のことやらわからなかった。「花子とアン」のなかで使われたことばなのだろうか。私は、そのドラマを見ていない。

女子アナが作曲家に質問した。

「ところで、先生の現在のパルピテーションは何でしょうか」

作曲家は嬉しそうに答えた。

「伝助さんです」

伝助というのは、柳原白蓮の二度めの結婚の相手だった筑豊の炭鉱王、伊藤伝右衛門をモデルにした役柄らしい。舞台俳優の吉田鋼太郎が演じていて、とても魅力的な人物に造形されているようだ。

ここに来て、〈パルピテーション〉の意味が少しわかってきた。「お気に入り」といったところか。対象は、モノでもヒトでもコトでもよさそうだ。英和辞典に、〈palpitate〉という動詞があった。医学用語らしい。「〈心臓が〉動悸を打つ」あるいは「〈胸が〉どきどきする」などと訳されていた。その名詞が〈palpitation〉。「動悸、震え」という意味だった。それを胸がときめいたり、どきどきするほどの「お気に入り」を表わすのに転用したのだろうか。

テレビを消してから考えた。では、今の私のパルピテーションは何か。それは、〈土いじり〉だ。

土いじりと言っても、大したことをするわけではない。去年の暮れには、ポット植えの葉牡丹やミニ・シクラメンの苗を買ってきて、鉢やプランターに植えかえた。庭土にじかに、水仙や百合の球根を埋めることもある。菊のさし芽や沈丁花の挿し木などにも挑戦した。

著莪（しゃが）やアガパンサスの株分けもやった。庭先の日なたで、土いじりに熱中していると、何もかも忘れて、頭の中がからっぽになる。朝起きて雨戸をあけ、庭の草花や木々のいきいきした様子をながめると、気持ちが一気にほぐれてくる。私が土いじりに魅かれる淵源は、幼時の体験にあるのかもしれない。

私は、昭和七年二月に岐阜県大垣市で生まれた。そして間もなく、里子に出され、昭和一三年春の小学校入学までを里親のもとで過ごした。

里親は、子供のいない増吉とヒデの夫婦だったが、私の世話をしたのは、もっぱら増吉じいさんだった。じいさんは百姓家の長男に生まれたが、その仕事をきらって家を出た。そして、私の父の養父のもとで、日傭取りに出たりしていた。明治一六年の生まれで、私を預かったときには、五〇そこそこだったらしい。私は毎夜、その胸にすがりつくようにして眠った。じいさんは川べりのじめじめした二軒長屋の一軒に住み、私を、

「みい、みい」と呼んで可愛がった。そして、「この家のかまどの灰も、みいのもんじゃ」と言った。

私の父は、昭和のはじめに、そのころまだ草分けだったトラックによる運送業をはじめた。商売は順調だった。そして農地を手に入れたりすると、耕作を増吉じいさんに任せた。

じいさんは、その農地に通って耕し、畑をつくった。父は、リヤカーを買ってやったが、じいさんは、それをすぐに小さな箱車に取り替えてしまった。車輪は木製でタイヤがついておらず、砂利だらけの道を引いていくと、がりがりと音がした。じいさんは、幼い私をその車にのせて、畑まで引いて行った。

じいさんは、いろいろな野菜をつくった。茄子や豌豆、大根、小松菜、枝豆。私はその傍らにいて、畝つくりや種蒔きを手伝った。じいさんが、じゃがいもや里芋の大きく育った根茎を掘り起こすと、私はそのかたまりから、芋を一つずつ、手で捥いだ。刈り取った胡麻を日なたに干して乾いたら、大きな木槌で打つのが私の役目だった。日ざしが強ければ麦藁帽をかぶり、風が寒ければ綿入れの羽織を着ていった。畑の隅に千日紅の花が揺れていた日もあった。

小学校入学を機に、生家に帰ったが、その翌年の二月、母が亡くなった。頓死だった。数えの三四歳。父は中国大陸に出征していた。母は、父の運送業を、従業員の助けを借りて、どうにか続けていた。人身事故を起こして警察に留置されていた運転手に、毛布を差し入れに行った帰り、雪の積もった路上で、「目がくらんだ」といって倒れ、戸板にのせて運ばれてきた。

あとには父の養母と一二歳の姉をかしらに生後六か月の妹まで、七人の子供がのこされた。私は上から四人めで、数えの八つだった。かくして私はまた、里親のじいさんのところに舞いもどり、小四の夏までを過ごした。その年の暮れに、太平洋戦争がはじまった。

増吉じいさんは、敗戦の前の年に風邪をこじらせて亡くなった。六〇だった。私が旧制女学校一年生の夏の終わりであった。

父は戦後、じいさんの耕していた土地を手放した。狭い方にはダンスホールが建ち、広い方は、空襲で焼けてしまった市立東小学校の移転先の敷地の一部になった。

私と農作業との縁が切れてから、もう七〇年になる。

私は平成九年に、六五歳で定年退職をした。三人の子供たちは成長し、孫が四人いる。しかし夫は、平成二三年に八四歳で他界した。その後の私の人生は、余生のようなものだ。何事につけても現実感が薄れ、あの世とこの世の境をさまよっているような取りとめのない時間が過ぎる。

そんな日日の中での土いじりには、しっかりとした手ごたえがあった。自分の根っこに触れているような懐かしさもある。今の私にとって、土いじりは、パルピテーションというよりは、一種のセラピーなのかもしれない。

（文芸多摩合評会、二〇一五年二月）

飛山濃水

一、古き大井の名もたちて
教への庭に湧き出づる
清水の面は少女子が
浄き情(こころ)の徴(しるし)かな

二、大き垣穂の名をとめて
学びの窓に聳え立つ
高城(たかき)の影は少女子が
崇(たか)き操の象(しるし)かな

これは、私が昭和一九年四月に入学した岐阜県立大垣高等女学校の校歌の歌詞の一番と二番だ。創立は明治三三年（一九〇〇年）。仮住まいから、郭町の新築校舎に移ったのは、その二年後。校舎の窓から南前方に、国宝大垣城の天守閣をのぞむことができたという。それが二番の歌詞に反映されている。そして校舎の裏には水門川が流れ、柳や栴檀の木のかげを川舟が往来していたと一書にある。

校歌の制定は昭和八年（一九三三年）。その年の暮れに女学校は、藤江町の広い校舎に移転した。郭町の旧校舎から東へ、一キロあまり隔たっていた。私が通ったのは、その校舎だ。

そこから大垣城は見えなかったが、校舎の間の小さな中庭に湧き水があった。茶色い土管のてっぺんから水が噴き上げ、回りに茂るユキノシタや草の上に散った。渡り廊下から、その様子が見えた。実際に使われている風でもなく、歌詞の一番の裏づけとして、郭町校舎の例にならって設けたものか。

「大井」は「大井荘（おおいのしょう）」に由来がある。大垣も含めたこの地方はむかし、「大井荘」とよばれ、八世紀の半ばから、およそ三〇〇年もの間、奈良の東大寺領だった。絹年貢を特徴としていたらしい。

岐阜県の地勢をあらわして、「飛山濃水」と言う。北の飛騨地方は山がちで、南に広がる美濃には川が多いということだ。

美濃のなかでも、大垣をふくめた南西部には、三つの大きな川が流れ込んでいる。東から、木曽川、長良川、揖斐川の順である。それらの河川は巨大なデルタを形成しながら、最終的には、河口をほとんど一つにして、伊勢湾に注ぐ。川の水位は、東から西へと、だんだん低くなっているという。

かくして、大垣の辺りは、海抜〇メートルに近い低湿の地となった。戦時中、防空壕を掘ろうとしたが、すぐに水が出て、かまぼこ小屋のような構造にした。

戦後すぐのことだったと思うが、私は父に連れられて各務原（かがみがはら）というところへ行った。各務原は、大垣から岐阜をへだてた東方に位置している。父には仕事上の用向きがあったようだ。私は夏休みだったのかもしれない。到着すると、休憩所のようなしもた屋に私を置いて、父は出かけて行った。私は、そこの中庭の木陰で、昼食をご馳走になった。

父は四〇代の半ば、私は旧制女学校の二年生になっていたか。各務原は愛知県と境を接していて、その県境を木曽川が流れている。

帰りの電車の中で、父がこんなことを言った。

「木曽川は、美濃と尾張の境を流れとる。しかし、その水が溢れると、みんな美濃の方へ流れて来て（し）まって、洪水になった。そのわけがわかるか？　尾張は雄藩で金持ちじゃったから、木曽川の堤防を、自分らの尾張の側だけ、うんと高う築いたんや」

またこんなことも話した。大垣城は平城（ひらじろ）だったけれど、誰もが攻めあぐねたというのだ。

「城の回りの地面がじゅるじゅるにぬかるんで、兵隊は足をとられて、にっちもさっちも行かんようになったんやて。そこを討たれるんさ。……関ヶ原の合戦のとき、石田三成は、はじめは大垣城にこもっとったけど、何じゃ知らんが城を出て、関ヶ原に行って（し）まった。そして、負けて（し）まったんや」

と、いかにも残念そうに言った。

父の話したことは巷説かもしれないが、辻褄は合っている。

小早川秀秋が裏切り、同じ西軍の大谷吉継の陣に攻め入ったという報が届いたので、救援のために、三成は急遽、城を出立したとも言われている。

小学校のころ、「国史」という課目があり、関ヶ原の戦のことも習った。そしてなぜか、私たちは秀吉びいきだった。姉の国史の教科書に載っていた家康の肖像画には、「たぬきおやじ」という書き込みがあった。先生がそう言ったのだろうか。ともかく、秀頼を追いつめてゆく家康の、狡猾とも見えるやり口に大いに憤慨していたようだ。また大垣は、秀吉、幼名日吉丸の生地である尾張に近かった。いきおい、秀吉のあとを担った三成には、深い同情を寄せることになった。

『おあむ物語』（三九頁に注記）によれば、大垣城には、三成といっしょに女たちも詰めていたらしい。鉄砲玉の鋳造をしたり、敵の首級を上層者に見せかけるため、お歯黒をつけたりしていたという。

寛永一二年（一六三五年）、一〇万石の大名として、譜代の戸田氏鉄（うじかね）が大垣城に入った。彼は城を修築し、低湿な城下の排水をあつめて水門川となし、下流を揖斐川に放った。そして逆流を防ぐため、つなぎ目に水門を設けた。

昭和二〇年（一九四五年）七月二九日の夜、大垣は米軍の空襲で、大きな被害を受けた。大垣高等女学校や国宝大垣城も全焼した。

その夜、私は、まだ小学生だった二人の弟の手を引き、隣りのおばさんのあとについて、築捨（つきずて）という村に逃げた。おばさんは、生まれたばかりの赤ちゃんを乳母車に乗せ、幼い女の子を脇に連れ、水門川の土手の上の道を急いだ。
上空で、焼夷弾が炸裂した。

（文芸多摩合評会、二〇一五年四月）

ハナちゃんのいた風景

昭和二五年（一九五〇年）三月に、岐阜県立大垣北高等学校を卒業した。第一回生である。新制高校で、本格的な男女共学は高三の一年間だけであった。
平成七年（一九九五年）三月、『大垣北高百年史　一九九四』という記念誌が発行された。北高のみなもとである旧制の県立中学校や高等女学校の沿革などが、古い写真もまじえて、いきいきと綴られている。その中の北高の欄に、「回想記」として、「原点」と題した私の次のような一文が掲載されている。

戦争中はさつまいも畠になっていた運動場は、埋めもどしても、なかなかもとのようにはなりませんでした。でこぼこはあるし、休みが続けば雑草が生えました。

あれは新学期の始まった直後だったでしょうか。私たちは運動場の草取りをさせられていました。それが終わりに近づいたころ、運動場の奥のプールの縁に上がった安立先生が、胸をそらして立ち、私たちに呼びかけられました。演劇部を創設したいとおっしゃるのです。私は友人といっしょに入部することにしました。演技者としてではなく、小道具係くらいならできるかもしれないと思ったからです。最初は女子ばかりだった部員も、北高になってからは男子も加わり、太宰治の「ろまん灯籠」の上演に結実しました。男生徒と女生徒が入りまじり、協力し合って、稽古から上演にいたる充実感はたとえようもありませんでした。

そしてそれからの私は、創造の一分野としての演劇や文章表現のとりこになっていきました。

劇作家三好十郎氏のもとでは、俳優の高品格（たかしなかく）さんと知り合いになりました。子育てを終わってから書き始めた随筆で、昭和五五年には第五回渋沢秀雄賞を受賞しました。

原点は北高にあります。

演劇部に入ったのは、たしか、昭和二三年で、新制高校二年のときだった。戦争が終わって、まだ間がなかった。右に引いた「原点」の中程に「友人といっしょに」とあるが、その友人というのは、ハナちゃんのことだ。ハナちゃんは演劇部に入ると、すぐさま舞台に立ち、主役や準主役をつとめた。

たとえば「ろまん灯籠」では、子供たちの演し物をあたたかく見守る母親の役を演じた。脚色は安立先生。そして「還って来た女」(伊藤貞助作だったか)では、農家に間借りしている引揚者の女性の役をつとめた。貧しくて、あろうことか、近隣の人に泥棒呼ばわりされていた。その女性は、まだ若く、大陸から引き揚げてくる途中で、日本兵の暴行を受け、脚が不自由になってしまった。ハナちゃんは、髪を男のように短く刈り、汚れてよれよれのシャツとズボンをまとい、舞台の上をいざりながら熱演した。

ヘルマン・ヘッセに『青春彷徨』という作品があることを教えてくれたのはハナちゃんだ。ハナちゃんは、こう言った。

「正しくは、〝ペーター・カーメンチント〟っていうのよ。兄から教わったの」

私は、ことばもなく、うなずくばかりだった。ドイツ語らしいカタカナのことばの意味などわかるはずもなかった。しかし何だか、遠い異国の抜けるように青い空を垣間見たような気分がした。ハナちゃんはまた、「ヒョウドロ・ミハイロヴィッチ・ドストエフスキー」などと、ロシアの作家の名前をフルネームで言って、私をおどろかせた。兄上から、口移しで習ったという。

ハナちゃんには、お兄さんが二人いた。上の一人は東大に在学中で、下の一人は、お茶の水の駿台予備校に通い、東大を目指していると聞いた。お父さんは、広島高等師範の出身で、終戦前後の旧制大垣中学校の校長をつとめ、偉丈夫という感じの人だった。お母さんは、色白で背が高く、女官長のようにたおやかで、気品があった。そんな人たちに囲まれて、ハナちゃんは、幸福の極致のような生活を送っていたのに違いない。明るい声で話し、よく笑った。

それに引きかえ、私の身辺にはインテリなど一人もいなかった。読んでいた本は、乱歩の『屋根裏の散歩者』『孤島の鬼』や菊池寛の『真珠夫人』などだった。名古屋に住んでいた親戚が疎開させてきた荷のなかに、乱歩全集があったのだ。『真珠夫人』は、近所の紳士服仕立屋の奥さんが貸してくれた。

ハナちゃんが折角教えてくれたのに、その後の私は、『青春彷徨』を読まずに過ごしてしまった。同じ著者の『車輪の下』は読んだ。そして、里子に出されていた自分の幼いころを思い、身につまされたりした。

『青春彷徨』を読んだのは、ついさきごろのことだ。

八〇代の半ばになって、行動範囲が恐ろしくせまくなり、庭の草木をながめたり、周辺のウォーキングにふけったりすることが多くなった。遠出をしても、せいぜい富士北麓の鳴沢村まで。中央高速に乗り、渋滞がなければ、一時間くらいで行ける。山小屋で一週間ほど、自炊して独り暮らしだ。テレビはない。林の中の遊歩道を歩けば、人にはめったに会わず、静かなものだ。そんな時、「疾風怒濤」とまでは言えなくとも、心やからだの振幅の大きかった青春のころがよみがえって、なつかしくなる。そして、『青春彷徨』を読んでみようと思い立った。

自宅の本棚には、昭和三三年発行の筑摩書房版、世界文学大系が、ぎっしりと並んでいる。まるで代本板（だいほんばん）のように硬くて冷たく、無表情に突っ立っていた。私はそのなかから、『ヘッセ　カロッサ』の巻を取り出した。すると、その巻頭に、『青春彷徨―ペーター・カーメンチント―』はあった（現在では『郷愁』という題名になっているらしい）。そして読みすすむうちに、ペーター・カーメンチントというのは、小説の主人公である青年の名前だとわかった。それにしても何という瑞瑞しい感性の青年であることか。ハナちゃんのお兄さんたちは、このような青年にあこがれ、たった一人の妹に、惜しみない愛をそそいでいたのだろうか。

　高校を卒業してから、私は東京の女子大に進学した。ハナちゃんは、名古屋の短大に入った。花嫁修業がてら、というところだったらしく、卒業して間もなく、結婚した。名古屋の大きな鉄道会社に勤めているエリートだと聞いた。

　東京に転勤になると、私を自宅に招いてくれた。そしてご主人のことを、「エンジニアなの」と言って紹介した。私は、その言い回しの中に、ご主人への信頼と愛情がこめられているような気がした。ご主人は、とても穏やかに話し、やさしい眼差しの人だった。二人の間には、もう女の子が生まれていた。

『大垣北高百年史』のなかには、ハナちゃんの詠んだ次のような俳句が見える。

　気をほぐすほどほどの私語鹿（か）の子草
　緑陰のそよぎに言葉つくろはず
　新秋やきびきびと議事進行す
　北風に真向かふ口の一文字
　人の日やいそしむものを持ちていま

「鹿の子草」は「カノコソウ」。春の季語。野草図鑑によれば、山地の湿った草地に生える多年草でハルオミナエシの別名がある。花は淡紅色。上から見ると、ポツポツとした蕾が鹿の子絞りに似ているという。「人の日」は正月七日。ななくさ粥を食べる日。新年の季語である。これらの句は今、四季おりおりのハナちゃんの有りようを偲ぶよすがとなる。

（文芸多摩合評会、二〇一六年一月）

父の入れ歯

私の父は、総入れ歯だった。いつごろから、そうなったのか。それを特定するのは、なかなかむつかしい。

体格のいい父だった。肩幅が広くて、背が高く、骨格がしっかりしていた。特に頭骨が立派だった。僧職でもないのに、頭を剃り上げていたので、それが目立った。徴兵検査では甲種合格だったそうだ。若いときに志願して、入営した経験もあったらしい。

父が、美濃の大垣市から北支に出征したのは昭和一三年九月。三六歳のときだ。前の年に日中戦争がはじまっていた。入隊のあと、しばらくして、戦地の父から便りがあった。歯の治療のために、野戦病院に入院したというのだ。

父の出征から半年目の昭和一四年の二月に母が急死した。三四歳だった。戦地の方へすぐに連絡したが、それが父の耳に入ったのは半年ほど経ってからだった。本人に知らせずに置くのは余りにもかわいそうだ、と判断した上官がいたらしい。父は、母の死を知っても、悲しんでばかりはいられなかった。母のなきあと、家業や家族は、どういうことになっているのか。それを思うと、いても立ってもいられなくなった。家業はトラックによる運送業で、運転手や助手などが一〇人近く、住み込んでいた。一三をかしらに生後六か月の赤子まで、七人の子供がのこされていた。家族には、あと一人、鬼婆の異名をとった祖母、つまり父の養母がいた。

父は、勤務上等兵の身をおして、「わしゃあ、もう帰る」と宣言した。そしてさまざまな後押しを得て、昭和一四年一〇月に帰還した。その経緯を訪問客を前にして語るとき、父は海を、ひょいとまたいで帰ってきたような身振りをした。父が笑うと、部屋の明かりに映えて、歯の金冠が光った。治療をほどこされた歯だったのかもしれない。

母は、人身事故を起こして警察に留置されていた運転手に、毛布を差し入れに行った帰りに倒れた。雪のはげしく降る夜ふけの路上であった。同行していた巡査部長に、「目がくらんだ」というひとことをのこして。母は戸板に乗せられて家まで運ばれてきた。「頓死」と言われただけだった。

父が出征したとき、母は出産直後だった。それなのに母は、ゆっくり休むこともかなわず、家業や従業員の管理、育児や家事に忙殺されていった。父の養母である姑は、そうした母を支えることはなかった。休養はもちろん、授乳中の母に十分な食事さえ与えなかったという。衰えはてて、母は死んだ。

私は昭和七年二月に生まれ、ほどなく、里子に出された。里親は、子供のいない増吉とヒデの夫婦であった。増吉じいさんは近在の農家の跡取りだったが、農業をきらって家を捨て、遊び人になった。やがて、私の父の養父のもとで日傭取りをして働きはじめた。父の養父は請負師のようなことをしていたらしい。父の代になってからは、畑作りを任されたり、私の里親を引き受けたりした。

小学校入学を機に、私は父母のもとに帰った。昭和一三年春のことだ。その年の秋、父が出征し、翌年の二月に母が亡くなった。それでまた私は、里親のじいさんのところにもどった。そして、その秋の一〇月に、父が中支から帰還した。

父は、母の一周忌を終えると、新しい母を迎えた。私はその実家へ、じいさんに連れられて、貰い湯に行った。そんなある夜、じいさんが父に、私の養育費を値上げしてくれと懇願しているのを聞いた。それから一年ほどして、小学校四年生の秋に、私は実家に連れもどされ、その一二月に太平洋戦争がはじまった。

実家に帰ってすぐ、父が総入れ歯になっているのに気づいた。父はまだ、四〇そこそこであった。食事のとき父の前に並ぶのは、まずはお酒、そしてやわらかい食べ物ばかりだった。おつゆに刺身、そして豆腐、卵焼き、おひたし、しらすに大根おろしなどであった。たくあんはみじん切りにされていた。そして食事が終ると、父は入れ歯をはずして、茶碗のなかで洗った。そんな父を見守りながら、私は思わず尋ねていた。

「父ちゃんの歯は、なんで全部なくなってまったの？」

父は笑いながら、答えた。

「歯を食いしばって、頑張ってきたからじゃよ」

父は、生後八か月でもらわれてきた。三男だったが、実の父が早世した。「飢え死にさせるよりは」と、生母は父を養子に出すことを選んだ。養家には子供がいなかった。

父は、話を続けた。

「わしは将来の働き手としてもらわれたのさ。高等科までは行かせてくれたけど、勉強なんかどうでもええから、休んで働け、って言われてなあ。もう少しで出席日数が足らんようになるとこじゃった」

父の養父はやさしかったが、養母はそうではなかった。父は、養父のあとについて現場に行き、土方の仕事をやった。父の話は、続いた。

「わしが具合が悪うて寝ておろうもんなら、ばあさんは、まさかりを持って枕もとに来ておどかすのよ。早う起きて働きに行け、とわめいてなあ」

養父の死後、父は米屋で働いた。土方をやって足腰が鍛えられていたので、米俵をかついで運ぶのくらい、何でもなかった。その競走に出て、一番になったこともあったそうだ。母はそのころ、米屋の近くに姉と二人で住み、メリヤス工場で工員として働いていた。その母を父は見初めた。

父はそのうち、丸通（＝日本通運）に転職して仲仕になり、荷の上げ下ろしに従事した。それらの力仕事で体を酷使した結果、「歯がぼろぼろになった」というのだ。

それでも、丸通で働いているとき、物資や荷物を運搬する手立てとして、これからはトラックが大きな役割をはたすようになる、と父は見抜いた。そこで、業務用の運転免許をとり、昭和の初めに、トラック一台で、運送業をはじめた。父は二〇代の半ばになっていた。養母の遠い親戚の青年を助手に雇った。肉体労働がどこまでも付いてまわる仕事であった。

昭和一一年には、開通して間もない岐垣(ぎえん)国道（現在は、県道三一号）沿いに、間口が五間半ある大きな二階家を建てた。一階に帳場を置き、電話をつけ、従業員をふやし、お手伝いさんを雇い、自分は車を降りた。フォードのトラックが三台、裏の車庫におさまり、その入り口には、洗車用の百間掘りの井戸を設けた。その太い蛇口からあふれ出る水が、轟音を立てて落ちた。母は、それまでの一〇年ほどの間に、六人の子を生んだ。父に召集令状が来たのは、この新しい家に引っ越して二年ほどした昭和一三年のことだ。商売が軌道に乗りはじめた矢先であった。

兵としては、やや年かさの父を召集して、戦場に送り、国は何をたくらんだのか。父が総入れ歯になる時期を早めたのは、もしかしたら、戦争だったのかもしれない。父は戦場でも、ぼろぼろの歯を食いしばって、頑張ったのにちがいない。

父は、平成元年に、数えの八八で亡くなった。その前年に、母の五十年忌を済ませていた。

（文芸多摩合評会、二〇一六年一〇月）

声

ピアニストの中村紘子さんが亡くなった。

平成二八年七月二六日のことで、行年は七二。まだ若いのにもったいない、と思った。その昔、彼女が芥川賞作家の庄司薫氏と結婚されたとき、そのきっかけがユニークだったのに驚いたことがあった。それから、四〇年の余になる。彼女のもの言いは、いつも率直で個性的だった。そうした彼女を、かげながら応援するような気持ちで見守っていた。そして訃報に接したとき、彼女が出演していたあるテレビ番組のことを思い出していた。

一〇年くらい前のことになるだろうか。紘子さんは、一緒にテレビに出て、話し合っていた俳優の大和田伸也氏に、

「あなた、とってもいい声をしてらっしゃるわねえ」

と感嘆したように言ったのだ。それを聞いた大和田氏は、「えっ？」というような顔をされた。生まれつきの、何のたくらみもない声をほめられて、とまどっている風だった。大和田氏の声はバリトンに近い。

番組を見ていた私は、紘子さんのいう「いい声」の「いい」には、「聞き手が幸せな気分になるような」というメッセージがこめられているような気がした。かつて私も、そのような声に遭遇したことがあった。

しばらく前に、こんな歌を詠んだ。遠い昔の回想である。

新鮮な林檎になつてあの人に食べられたいと若く思ひき
新劇に夢中になつてたあの人は嘘つきだけど声のよかりき
声フェチといふならば言へ人間の声には三世宿る気がする

「あの人」は、高校で同学年だった男子生徒のT。戦争中に、東京から大垣に疎開してきた。戦後、男女共学の新制高校が発足したとき、私と彼は同学年になった。クラスは別だったが、演劇部で顔を合わせることになった。文化祭の公演では、彼は演出を、私は小道具係を担当した。

Tは背が高く、肩幅が広く、顔が大きかった。赤ら顔で頬骨が張っていたが、目じりが少し下がり、優しげな印象だった。美男子というのではなかったが、声がよかった。色にたとえれば、ボルドーか。なめらかな高音で、つやがあった。聞いていると、気分がよかった。

押しつけがましいところや激しさはなかったけれど、話すことにも説得力があって引き込まれ、思わずうなずいていた。しかし彼が私に関心を持っている様子はなかった。高校の卒業が迫ったとき、彼が私のノートに書きつけてくれたことばがある。近松秋江の作品からの引用だったと思うが、文言を含めて、記憶がおぼろで確かめるすべもない。

喧噪の巷にありて、われひとり姿醜く、惑いてありぬ。

これは、劣等感の塊のようだったそのころの私の姿だと言い、そこから脱却せよ、自信を持て、と励ましてくれたのだった。万年筆で書かれた太くて大きなブルーブラックの文字が、今でも目に浮かぶ。

Tは早大に進学し、学内の「自由舞台」という劇団に所属して、演出家としての道を歩んでいた。そして、大学生の演劇コンクールで賞をもらったりしていた。一方の私は、女子大を出てから半年ほど、三好十郎氏主宰の戯曲座に籍を置いて、演出助手などをつとめていた。

その間に、『文学座のあり方に対する批判』という小論文の入選があって、演劇雑誌『悲劇喜劇』に掲載された。しかし結局、家に連れもどされて、自立を迫られ、帰京できなくなった。そして翌年、昭和三〇年の春、三重県熊野市の県立木本高校英語科教諭として、はるばると赴任することになった。給料は高校三級の一万円。そのほかに僻地手当の二五〇〇円が加算された。下宿代は、二階の六畳と四畳半の二間で一五〇〇円。自炊をした。夜になると、熊野灘の遠い潮鳴りを聞きながら眠った。

夏休みに上京して、Tの家を訪ねた。彼は相模原の基地の近くに住んでいた。そして私は、その彼に寄りかかるように恋を仕掛けた。彼はあわてることもなく受け止めた。しかしその後、行き違いがあったり、不信感が生まれたりして、遠距離の交流は、一年くらいで終わってしまった。

彼の「声」に包まれて幸福感を得たいという私の願いが、叶えられることはなかった。

（文芸多摩合評会、二〇一七年一月）

ねずみと私

昨年の一二月の初めのことだ。朝起きて台所に行くと、食卓の上の皿にのせてあった柿のおおかた半分が、えぐり取られ、なくなっていた。だれの仕業なのか。昨夜、遅く帰った息子か。その断面は、ハーフパイプのミニチュアみたいに、なめらかにカーブして、にじみ出た果汁が、てらてらと光っていた。

起き出してきた息子にたずねると、

「僕じゃないよ。ねずみだろ。だいたい人間がこんな食べかたするわけがない」

と言った。

〈えっ、ねずみだって？〉

私は心の中で、おもわず叫んでいた。

予期せぬ事態であった。もしそうだとすれば、この家にとっては、久しぶりのことだった。にわかには信じがたかったので、それから三日ばかり、私は、ねずみがのこしたであろう痕跡をさがし出そうと、部屋の隅々まで、のぞいて回った。

ガス台の奥の壁ぎわに糞が落ちていた。テレビの後ろからのびたビニールのコードがかじられたようで、白い切片が絨緞の上に散っていた。仏壇の脇の柿の入った段ボール箱をあけてみたら、中のひとつが、蔕(へた)だけ残して食べつくされていた。箱の後ろの面に、かじってあけた穴があった。その大きさは五〇〇円硬貨ほど。また、物置同然の奥の部屋では、レジ袋に入れたまま、スチール・ラックにのせてあったコーヒーのパックが破られ、粉がこぼれていた。

それにしても、ずいぶんな御活躍ではないか。これではもう、ねずみ退治に乗り出さざるを得ない。

近くのショッピングセンターに行って相談してみたら、四十恰好の女性店員が、こう言った。

「今年は寒いから、こうした事例が多いんですよ。……超音波を発信する器具がおすすめですが……」

しかし、売切れてしまって、見本しかない。注文があれば取り寄せる、ということだった。念のため駆除の仕掛けを聞いてみると、「超音波」を感知したねずみを、現場から退散させるということであるらしい。倉庫などでは実効があるだろうが、一般家庭のちまちました間取りには向かないのではないか。一個が二五〇〇円もする発信機を、部屋ごとに設置したとして、人体への影響はどうなのか。

結局、息子の進言にしたがって、粘着シートを大量に買い込むことになった。その外箱には、「超強力プロ使用の業務用粘着ネズミとりシート」(大きいねずみ用)とあった。そして対象とするいわゆるイエネズミのイラストが小さく印刷されていた。「ドブネズミ」「クマネズミ」「ハツカネズミ」がそれらである。

粘着シートを、ねずみの通り道だと思われる所に敷きつめた。そして、兵糧攻めにしようと、野菜や果物や乾物を蓋のある缶や籠、バケツなどに入れ替えた。それに加えて、外からの出入り口とおぼしき穴をふさぐことにした。穴のあいた網戸を張りかえ、家の基礎部分の通気孔に嵌められた小さな鉄枠の格子を点検し、折れたり欠けたりしていた二枚を取りかえた。知合いの業者が来て、ていねいな仕事をしてくれた。

ドブネズミは、私が子供だったころには、お勝手の井戸端や下水溝のあたりをうろうろしていた。

私の生まれた大垣市は、「水の都」とも呼ばれ、地下水が豊かで、井戸を掘って、生活用水を得た。元井戸を深く掘り、そこから台所や風呂に配水した。台所の蛇口にはコックがなく、井戸ぶねに水が流れっぱなしだった。井戸端のコンクリや井戸ぶねの上に据えられた木製の流しは、いつも濡れたり、湿ったりしていて、ドブネズミにとっては好もしい住環境であった。

ドブネズミは昼間もあらわれて、台所仕事をする女や子供をおびやかしたので、猫を飼っていた。いちどきに、二匹いたこともあった。タマとかコマとか、ありきたりの名をつけて飼い、死ねば、回向庵という墓苑に運び、しきみの木の根方に埋めて、経をあげてもらった。

私が小学校高学年のころ、死んだ猫を古布にくるんで箱に入れ、それを胸に抱え、川土手を歩いて運んで行ったことがあった。回向庵はお寺ではなかったので、坊さんを外から呼んでもらった。現われたのは、小柄で、かなり年かさの坊さんだった。酔っ払っていたのか、赤い顔をして、唸るように経を読んだ。回向庵には、私が数えで八つのとき亡くなった母が眠っていた。

私は、昭和七年生まれの中年だ。七人きょうだいの真ん中で、すぐ下に弟が二人いた。上の弟は酉年なのに、小学生のころ、つけられたあだ名は「チュウ」だった。これはつまり、ねずみのことだ。「ねずみの嫁入り」という民話にも親しんでいたし、弟の場合、あだ名とはいえ、たぶんに尊称の方へ傾いていた。しなやかな体つきで、背は高い方だったが、その割に頭が小さく、中高(なかだか)な顔の両側に、大きな耳が張り出していた。

その彼は、腰のあたりを少し曲げ、長い手足を泳がせて、まるでスピードスケートの走者のようにすばしこく移動した。いたずらをしても、つかまることがなかった。つかまるのは大抵、彼より三つ年下の昭和一一年生まれの弟の方だった。彼は子年で、いつもにこにこしながら、兄のあとに付いて回っていた。父はこの弟のことを、「三男坊主の冷や飯」とか常盤御前の三男の「義経といっしょじゃあ」などと言って、とても可愛がった。

彼が幼いころ、寝ぼけて夜中に起き上がり、トイレと間違えたのか、押入れに向かって放尿したことがあった。父はそのとき、

〇ちゃんと寝るときゃ
鉄砲持って寝よか
夜の夜なかにシシが出る

などと囃して、面白がった。「シシ」に、「獅子」と「尿」を掛けたのだ。

ハツカネズミに遭遇したのは、ここ多摩市に引っ越してきてからのことだった。今から五〇年近くも前になる。家族は、夫と私、長女と次女、それに夫の母を加えた五人。その後、長男が生まれ、家が手狭になったので、増築することになった。

ねずみは、一階の増築する側の壁や窓を取りはらったときに、縁の下から入ったようだ。夜になると、二階の天井裏でがさごそと動き回る音がした。一匹ではなかったようだ。秋の深まるころであった。

そのうち一階にも降りてきた。竪型ピアノの箱のなかに入り、鍵盤と連動するハンマーの先のフェルトをかじり散らした。その屑は、床にまで散乱していた。そしてある朝、広げておいた粘着シートに、まだ毛が十分に生えていない薄桃色の肌をした、いたいけなハツカネズミがかかっていた。横向きに寝て足を投げ出し、目を閉じて動かなかった。

このほど、久しぶりにわが家に侵入したらしいねずみの種類は、何だったのだろう。兵糧攻めにして、出入り口をふさいで、二か月ほど様子を見たが、その間、ねずみの働いた形跡はなかった。家の中のどこかで死んだのか。その前に逃げ出したのか。たった一匹だったのか。

ねずみの所業を点検して回るうちに、私は、「超強力」粘着シートを踏みつけてしまい、ソックスを都合二足までからめとられた。ねずみは掛からなかった。

（文芸多摩合評会、二〇一八年四月）

フォスターの歌

スティーブン・コリンズ・フォスター（一八二六―一八六四）は、アメリカの作曲家。彼の活躍した時期は南北戦争（一八六一―一八六五）のはじまる前。その後は、彼の曲や生涯に深いかげがさし始める。

ペンシルベニア州ローレンスビルに生まれ、ニューヨークで亡くなった。行年三七。死因は、飲酒が原因の外傷からだというが、家庭生活も崩壊し、孤独と貧困のなかにあったようだ。世に出したのは、およそ一八〇曲。

フォスターの歌に親しむようになったのは、太平洋戦争が終わってからのことだ。なかでも記憶にのこっているのは、「なつかしいケンタッキーのわが家」、「金髪のジェニー」、「オールド・ブラック・ジョー」の三曲である。

終戦は、私が岐阜県立大垣高等女学校（旧制）二年生の夏。その後、間もなくカリキュラムの改定があり、戦時中は、週に二時間しかなかった英語の授業が、いっきに五時間にふえた。それまで教わっていた前田一枝先生は、アメリカ育ちだったこともあり、英語を話したり聞いたりできたせいか、駐留米軍の通訳として引き抜かれ、いなくなってしまった。そして迎えたのが三人の若い男の先生。そのうちの一人が栗田先生だった。

先生は、彦根高商（現滋賀大学）の出身。卒業後、喉頭結核のため療養生活を送っておられたらしいが、快癒を機に、英語の先生をこころざし、採用された。年のころは、三〇そこそこ。がっしりした体格だったが、やや寸詰まりの古びた背広を着用しておられた。父親のお下がりだったのかもしれない。それでも、国民服を着た先生が多かったので、背広姿は、けっこう目立った。

頭はいがぐりだった。頬骨の高い大きな顔に、まん丸い眼鏡をかけ、にっこりすると、白い歯が光った。まだ独身の栗田先生に、私たち女学生は、あろうことか、「骸骨」というあだ名を献じた。先生のむきだしの顔や頭が、何だかごつごつしていて、〈しゃれこうべ〉を連想させたのだろうか。でも先生は、そんなあだ名を気にする風はなかった。

昭和二〇年七月末の米軍の大空襲で全焼してしまった校舎は、一年あまりで復旧した。学習環境がおちついてきたころ、栗田先生はESSを立ち上げた。私はもちろん、他にもおおぜいが入部した。

先生は、部活動に、岐阜の各務原駐留のGIを招いたりして、私たちに、ネイティヴの英語を聞かせた。また、英語の歌を覚えれば、もっと英語が身近になり、上達すると言って、フォスターの歌を教えてくれた。ややハスキーな声をはりあげ、伴奏なしだった。それが、「なつかしいケンタッキーのわが家」(My Old Kentucky Home) であった。フォスターが、この歌をつくったのは、一八五三年、二七歳のときだ。

私たちは、栗田先生の歌に聞きほれた。そして覚えて、教室を移動する廊下を歩きながら、小声で歌ったりした。出だしは、こうだ。

The sun shines bright in the old Kentucky home,
'Tis summer the darkies are gay;
……………

〈陽ざしもまばゆい　なつかしいケンタッキーのわが家よ
いまは夏、子供たちは楽しげにたわむれている〉
——岩波ジュニア新書『英語の歌』より。
［darkies］は、黒人、つまり奴隷の子供たち。現在では、人種差別語だというので、［children］に置きかえて、うたわれているという——

しかし、ここで一つ、問題が起きた。「ケンタッキー」の「ン」をはっきり発音する栗田先生の歌い方について異論が出たのだ。それは、音楽担当の安藤七郎先生からだった。わたしたちは、「安七（あんひち）」と呼び捨てにしていた。

安藤先生には、小学校の教員から検定で中等学校の音楽の先生に昇格した、という自負があったのかもしれない。五〇歳に近いように見えたが、自分は格好がよくて、女学生にもてているにちがいないと思っていたのか、おしゃれには気をつかっていた。国民服には皺一つなく、ちぢれた髪を、ポマードだか、チックだかで固めてなでつけ、オールバックにしていた。そして、あたらしい教科書にあったマスネーの「悲歌（エレジー）」などを、低めのテノールで、切々と歌った。

その安七先生が、音楽の時間に、「君たちが栗田先生から習った『マイ・オールド・ケンタッキー・ホーム』は、歌い方が正しくない」と言い出したのだ。（歌って聞かせたのは、誰だ！）そして、先生は、ピアノで伴奏しながら、自分で歌ってみせた。私の耳には、「ケタッキー」の「ン」が聞こえなかった。先生は言った。「ケンタッキー」は、「ケンタッキー」と歌うべきです。

私たちには、安七先生の言い分が、何を根拠にしているのか、よくわからなかったが、指示どおりに歌った。そして栗田先生の前では、「ケンタッキー」と歌った。それから、もう、七〇年あまりの時が流れた。

しばらく前に、テレビで、ロジェ・ワーグナー合唱団の歌う「なつかしいケンタッキーのわが家」を聞いた。私は、「Kentucky」の「Ken」のくだりの歌い方に耳を澄ました。すると、聴力のいたくおとろえた私の耳に、発音記号の［n］で表わされる音が、ちゃんと聞こえた。それは「鼻音」であり、息が鼻から抜けるとき、鼻腔に共鳴して生まれる有声音なのだ。私たちはそれを、米軍の通訳になって、いなくなってしまった前田先生から、しっかりと教えられた。先生は、［n］を、発音させながら、「鼻の下に手を当ててください。風が出ていますか」と、念を押したものだ。
ロジェ・ワーグナー合唱団の面々は、［n］の音を十分に共鳴させて、ふっくらとハモった。

もしかしたら安七先生は、この歌をレコードで聞いたのかもしれない。そしてそれが、ネイティヴによる歌唱であったとしても、その当時の録音の技術では、［n］という鼻音の微妙な共鳴音まで拾いきれなかったのかもしれない。

（文芸多摩合評会、二〇一八年一〇月）

水たまり

年号が平成から令和に変わった。

その年、七月に入ってから体調をくずした。気温の高いカラカラ天気のあと、梅雨の長びいたことが影響したのだろうか。ものが食べられず、熱も三九度まであがった。医者の診断は、夏ばてと何らかの感染症が原因だろうというものだった。異常気象に老体が対応しきれなかったのかもしれない。

その後も、酷暑がつづいたが、ウォーキング以外は外に出ることもせず、一か月ほどして、小康を得た。その間の外出らしい外出は、七月末の墓参のみ。夫は八年前の夏、八四歳で亡くなった。私はあと半年で、八八歳になる。

墓参から半月ほど経って、今日は八月一五日。二、三日前から、富士北麓、鳴沢村の山小屋に来ている。車で送ってもらったのだが、一昨日の夜から、一人になった。病後でもあり、どこか不安で、「命がけ」という気がしないでもない。去年の秋には、こんなことがあった。

私より五つほど若い短歌の仲間がいて、彼女の夫君が、八ヶ岳の山荘で亡くなったのだ。単身で滞在中だったらしい。リビングで倒れているのを近所の人が見つけて病院に運んだが、死後二日ほど経過していたという。

夫君は、その山荘がとても気に入っていて、リタイアのあと、通いつめるようになり、現地の管理組合の役員まで務めておられたようだ。私の知っている夫君は、背が高くてがっしりした体格で、偉丈夫という感じだった。

そのお二人は、若いころ、同じ大学で学んでいたが、学部は別別だったようだ。結婚のきっかけは、六〇年安保闘争だった。学生デモに参加したとき、「たまたま隣同士になって、手をつないだりしたものだから」と、夫人が話していた。

夫君の死後、夫人は所属の歌誌に、夫の死を慟哭する短歌を何首も発表した。

この山小屋の周りには林が多く、さまざまな木が身を寄せ合っている。多いのはカラマツ、そしてミズナラ、ホオ、ウラジロモミ、シラカバなどで、丈が高い。それらよりやや低いのは、楓の仲間だ。ヤマモミジ、ハウチワカエデ、ノムラモミジ。そしてフジザクラ、ヤマザクラ、ヤマボウシ。気温は、真夏でも二五度まで。やや湿度が高い。標高は一二〇〇メートルあたり。二合目の少し手前か。

緑の氾濫のなか、静かで孤独な時間が流れる。木洩れ日が、東から西へと、ゆっくりと移り、そのきらめきが、ときおり私を、少女のように眩しがらせる。そして寂しがらせる。けれども昨日あたりから、台風一〇号の影響が目立ちはじめ、昨夜はひどい嵐になった。ゆさぶられた木木の唸り声で、夜なかに目が覚めた。二階の寝室のトタン屋根を、雨が激しくたたく音がした。テレビや新聞はなく、ラジオの気象情報を頼りにするほかはない。

それでも夜が明ければ、晴れ間を盗むように散歩に出た。まずは、木陰の遊歩道を行く。杉苔を踏みながら、林のなかを歩いたり、崖はなのゆるい坂を、のぼったりくだったりする。気をつけないと、小石や松ぼっくりに足をとられる。クマザサがこんもりと茂り、オシダがあおい花火のように葉を広げている。

道のかたわらの石垣に、山紫陽花が、いろ濃やかに咲きのこっていた。紫苑（シオン）やギボウシ、フシグロセンノウなどが、竹の垣根の外にはみ出して咲いていた。そんなところでは立ち止まって、しばらく眺める。人かげは、ほとんどない。廃屋も見かける。このあたりが開発されて、もう半世紀が経った。

広い通りに出ると、あたらしい大きな水たまりを、いくつも見かけた。昨夜の嵐のなごりだろう。近寄って、のぞいてみると、水面に映る電柱や木木の奥に、雲行きのあやしい空が、深く広がっていた。うっかりしていると、足もとから取り込まれていきそうだった。水たまりの奥底には、何か私の知らない世界がひそんでいる。もしかしたら、私がこれから行く場所かもしれない。あるいは私が、昔いたところかもしれない。それとも私は、自分の心の奥をのぞいているのだろうか。こわいような、なつかしいような気持ちになった。

小屋に帰り、一休みした。

窓の外は暮れかかり、風が出たようだ。見上げると、カラマツの高い梢がゆれ合っていた。その手前のホオの葉裏が白くひらめき、雨が降りはじめた。なんだか自分が、水底に置き去りになったような気がした。そしていつしか、遠い昔の思い出のなかに、深く身を沈めていった。

私は小学一年生だった。担任は、青木龍雄先生。

私が、大垣市立東小学校に入学したのは、昭和一三年（一九三八年）の春。たしか三組で、胸につけた緑いろのリボンが、クラスの目印だった。男女は半半で、私は、教壇の前から二番めの席に、眼鏡屋の息子の田邊君と並んで座った。田邊君は、目が大きくて、色の白い子だった。後ろの席には、清子ちゃんと生田君。生田君も、蒼いほど色白だったが、細い目が、すこし吊りあがっていた。彼の父親は、薬局を経営していた。清子ちゃんの家は、学校からすこし遠くて、国道端のお菓子屋さん。塩や醤油なども売っていたようだ。私の家とは、道を隔てて隣り合っていて、下校後も、よく遊んだ。三人きょうだいの一番上で、弟妹の面倒をよく見ていた。生田君は、そんな清子ちゃんのおかっぱ頭の後ろ髪を、ぐいと摑んで引っ張った。たびたびだった。清子ちゃんは痛くて泣きそうな顔をしながら、じっと耐えていた。私は、生田君を睨んでやった。

担任の青木龍雄先生は、師範学校を出て間がなかったようだ。若くて元気で、よく通る野太い声で、ゆっくりと話した。背は、そんなに高くはなかったが、小太りで、あたたかい感じがした。顔の造作の一つ一つが、やや小さめで、京人形の坂田金時に似ていた。

二学期になってからだったか、父兄の授業参観が行われた。その日、私は不覚にも、お漏らしをした。それに気づいた先生は、授業が終わると、私をそっと連れ出した。そして中庭の井戸端に立たせ、自分はしゃがんで、お湯でぬらしたあたたかいタオルで、私のからだを拭いてくれた。私は、先生の肩につかまり、先生の所作に見入っていた。先生は、私を責めたりはせず、ただやさしく、いたわってくれた。タオルは、井戸端から渡り廊下を隔てた向かいの小使（＝用務員）室で用意してきたようだった。

私の家からは、だれも、授業参観に来ていなかった。来られなかったのだ。母は八月の末に、妹を出産をしたばかり。七人めの子供であった。そのすぐあと、九月の初めに、父は北支へ、一兵卒ながら盛大に送られて、出征していった。三六歳だった。その前年に、日中戦争が勃発したのだ。父は、岐垣国道沿いに広い土地を借りて、店舗兼住宅を新築して、トラックによる運送業をはじめ、軌道に乗りはじめたところだった。裏の車庫には、フォードのトラックが三台も入っていた。

産後の母に、家事と育児、そして家業が重くのしかかった。産後の養生も不十分なまま、父の養母である姑の酷薄な仕打ちに耐えながら、使用人の協力を得て、頑張った。お手伝いさんが二人、それに、住み込みの若い衆が五、六人いた。母の髪はざんばらで，背中にはいつも、赤ん坊がくくり付けられていた。

母は、翌年の二月四日の深夜、雪の積もった路上で倒れ、そのまま息を引きとった。人身事故を起こして、警察に留置されていた運転手に、毛布を差し入れに行った帰り道であった。三四歳であった。あとには、一三をかしらに乳飲み子まで、七人の子供がのこされた。当時、女学校の一年生だった姉は、後年、母は死んだのではなくて、殺されたんだ、と語っていた。

私は、きょうだいの真ん中に生まれ、生後間もなく、里子に出された。母が下の弟を、すぐに身ごもったこともあったようだ。小学校入学を機に、実家にもどっていたが、母が亡くなって、また里親のもとで暮らすようになった。

私は、小学二年生になっていた。クラスは、女子と男子が別別に編成されていた。私は、牛蒡のように痩せて色が黒く、スカートの襞が取れてしまった制服を着て、通学していた。成績も悪く、同じクラスのS子から、嫌がらせを受けたりしていた。S子は、市会議員の娘だった。

担任は、Nという女先生。やや年かさだったが、大柄でおしゃれだった。ウエストが締まり、肩パッドの張ったモダンなスーツを着ていた。オルガンを弾いての音楽の授業が得意だった。ウエーブのかかった髪を、後ろでゆるくまとめて、小さな髷をこしらえていた。古風な顔立ちの美人だったが、いつも歯を食いしばっているような暗い表情をしていた。

ある日のこと、S子が、私のことを先生に告げ口した。私が、朝早く学校に来て、宿題をやっていたというのであった。私は、プリントを広げていたのは確かだが、見直していただけだと主張した。しかし先生は、それを聞き入れず、私に居残りをさせた。そして、放置した。私は、暗くなった教室から外に出て、鉄棒で遊んだりして、時間をつぶしていた。職員室をのぞきに行ったが、だれもいなかった。私は、夕日がまぶしくなったころ、里親のじいさんが心配するだろうと、裏門から出て、帰ってしまった。

あくる日、教壇を前にして座る先生に、ノートを見てもらうため、並んだ。私の番になったとき、先生は、声を押し殺して、

「昨日は、どうして黙って帰ってしまったのか」

となじった。そして続けた。

「あんたが、『うん』と言って、宿題をやってたことを認めさえすれば、ことは終わるのよ。わからない子ねえ。どうなのよ。やってたの？」

と迫った。私は、自分がここで、首を横に振ったら、今日もまた、居残りをさせられるだろうと思った。それがこわくて、思わず首を縦に振ってしまった。私は、方便として嘘をついたのだ。そこで許されたのかと思いきや、学期末に受け取った通知表の「操行」欄には、「不可」という評価が記されていた。

一年生のときの担任だった青木先生が、私たちのクラスに現れたのは、そのころだったろうか。N先生が休まれたので、自習時間の監督をするために来られたのだった。先生は、生徒たちに短歌を詠む手ほどきをした。そして、実作をして、「先生に見せてください」と言った。

私が詠んだのは、次のような一首だった。


思ひ出のこの世を去りしやさし母あの世でどうしていらつしやるだらう

小学二年生で、もう文語をまじえていた。歌歴が、かれこれ四〇年になる今の私から見ると、何となく、インパクトのない私の歌を、先生は、「よくできている」と言って取り上げ、朗誦した。作者名は明かさなかった。けれど、鬱々とした日常を送っていた私にとって、青木先生が褒めてくれたことは、大きな喜びであり、救いであった。

青木先生には、それから五〇年ほど経ってから、もう一度、お目にかかった。

昭和の終わりのころだった。あることから、旧交の復活していた美也子ちゃんから電話があった。美也子ちゃんは、小学一年生のときのクラスメートだ。彼女の話は、こうだった。近近、青木先生が上京されるので、在京の教え子で一席設けることになった。先生からお話を聞こうと誘われた、というのだった。

言い出しっぺは、高田君だという。大きな染物屋の息子だ。わたしは彼と、新制高校でも一緒だった。そして、清子ちゃんの髪を引っぱっていた生田君も来るようだ。私は、美也子ちゃんと待ち合わせて、参加することにした。先生は、もう八〇歳くらいになられたはずだ。そしてわれわれも、還暦に近づいていた。

四人で先生を迎えたのは、国分寺あたりの大きなお屋敷の離れだったと思う。先生は、髪に少し白いものがまじっていたが、あとは昔のままだった。温容（おんよう）も声も、姿勢のよい小太りの体格も。

先生は、部屋に用意されていた移動式の黒板に、次のようなことばを大きく書いた。

人間は教育によってのみ人間になることができる

先生が書いたのは英文だったが、それを正確には思い出せない。後半は、こんな風だったような気がする。

………only through education.

先生は、このことばが、教育者としての自分の座右の銘だったと話した。私は、その場では、このことばの意味について、あまり深くは考えなかった。まして、誰のことばなのか、と尋ねてみることもなかった。そして先生に、こんな質問をしていた。

「私は、どんな生徒だったでしょうか」

先生は、こう答えた。

「いつもにこにこして、明るい子だったよ」

私は次に、すっかり落ち着いた紳士になっていた生田君に尋ねた。

「どうしてあんなに清子ちゃんの髪を引っぱってばかりいたの？」

生田君は、笑いながら答えた。

「僕には、優秀な兄貴が二人もいてね。やんちゃで、出来の悪い僕は、おやじにおこられてばっかりいたから。……ストレスがたまってたんだろなあ」

それを聞いていた高田君は、お日さまのように真んまるい顔に笑みを浮かべて、静かにうなずいていた。そういえば高田君にも、お兄さんが二人いた。

私を先生に言いつけたS子は、五〇を過ぎて間もなく、亡くなったと聞いた。子宮癌だったらしい。結婚して、子供がいた。彼女も何か、ストレスを抱えていたのだろうか。

思い出は、ここで途切れた。そして気づけば、私は、裏富士の宵闇につつまれた山小屋のリビングに、ぽつねんと座っていた。

朝の山の林は、すがすがしい。歩きながら木木の息吹きを胸いっぱいに吸い込むと、身も心も透きとおり、自分が自然のなかに溶け入ったような気分になる。また、文化や文明から遠くはなれて、太古の時間を歩いているような気配も感じられる。そんな数日を経るうちに、体調の違和が少しずつなくなり、一人暮らしの不安も、薄らいでいった。

東京の自宅に帰ると、青木先生の明かした「座右の銘」というのが気になりはじめた。先生が私に注いでくれた温情のみなもとが、(人柄もあろうけれど)そのことばの周辺にあるような気がしてきたのだ。

調べてみると、ドイツの哲学者カント(一七二四―一八〇四)のことばだとわかった。一八世紀の末におこなわれたケーニヒスベルク大学での教育学講義の場で、述べられたという。

(文芸多摩合評会、二〇一九年八月)

あとがき

一九九九年（平成一一年）に、四冊目の随筆集『母の帯』（小沢書店）を出した。それから、四半世紀になる。二〇二〇年暮に、第二歌集『人間の声』（六花書林）を上梓した。

ここに来て、娘や息子達の「紙屑にならないうちに」というすすめもあり、書きためてあった「よしなしごと」を一冊にまとめることにした。

この二十数年の間に、いろいろなことがあった。日本随筆家協会は解散し、同人誌『青銅時代』も休刊になった。私は拠りどころを失ったわけだ。しかし、二〇一五年の初頭から、「文芸多摩」の合評会への参加がかない、講師の新船海三郎氏の真摯で懇切など指導にあずかれるようになった。氏は、この集の出版に際しても、校閲、編集などからタイトルの選定にいたるまで、万般に心を尽くしてくださった。深く感謝する。

私は、この二月に九一歳になった。ものを書きはじめて半世紀以上の年月が流れた。書きはじめたきっかけは何だったのか。高橋彰一氏に出会ったことだったのかもしれない。このごろ、そんなことが気になりはじめた。

一九五〇年（昭和二五年）に入学した女子大の英文学科に、「和作文」という必修科目があった。「和」というのは日本語のこと。手紙の書き方を教えこまれたあとは、自由作文になった。指導を担ったのは堤十女橘（本名は留吉）先生。早大教授ながら、非常勤講師として出向して来られた。舞台で見た二世中村雁治郎を大柄にしたような風貌であった。中国文学、中でも白楽天あたりが専門のようであった。

ある日、優秀作として、私の一文が先生によって読み上げげられた。作者名は伏せられていた。キャンパスの脇を流れる玉川上水（当時は、やや白く濁った小川）のほとりでの、ある少女との心温まる出会いが描かれていた。その散策には、学寮で共に暮らす旧友の何人かが居合わせていたので、私の作品だとすぐに知れ渡った。

クラスに、高橋由里子さんがいた。彼女は私にそっと近づき、兄に会ってくれ、と言った。弘前の出身だった。そして付け加えた。

「兄は今、『信天翁（あほうどり）』という同人雑誌を立ち上げていて、同人になれる人を探しているの」

それから間もなく、私は彼女の兄の高橋彰一氏に会い、同人に加えられた。氏は、西武新宿線の新井薬師前駅の近くに住んでいた。『信天翁』には、東北や東京在住の太宰文学の愛好者が集っていた。

彰一氏は、痩せて背が高く、長めの髪の端が額にかかり、眼光が鋭くて、何だか芥川龍之介に似ていた。年の頃は、二〇代半ばだったと思うが、着流しで、悠揚と歩いた。私はその後ろについて、小山清氏の新居に連れていってもらったりした。

氏はその後、弘前に帰り、津軽書房を興した。一九七三年に長部日出雄の『津軽世去れ節』を世に送り出し、一九八三年にはサントリー地域文化賞優秀賞を受賞。一九九九年二月、胃癌にて永眠。七〇歳だった。

二〇二三年八月

中道　操

中道　操　（なかみち・みさお）
1932（昭和7）年、岐阜県大垣市生まれ。
1954（昭和29）年、津田塾大学英文科卒業。
1980（昭和55）年、第5回渋沢秀雄賞受賞（日本随筆家協会）
1981（昭和56）年、コスモス短歌会入会。
1991（平成3）年、第13回随筆賞受賞（コスモス短歌会）
著書に随筆集『遠ざかる風景』（日本随筆家協会）、『海は光にみちて―ギリシアからイスタンブールへ』（同）、『赤いひなげし』（沖積舎）、『母の帯』（小沢書店）、歌集『はりねずみの歌』（不識書院）、『人間の声』（六花書林）など。

自選随想集（じせんずいそうしゅう） 行不由徑（ユクニコミチニヨラズ）

2023年9月30日　第一刷発行

著　者　　中道　操
発行者　　岡林信一
発行所　　あけび書房株式会社
〒167-0054
東京都杉並区松庵 3-39-13-103
Tel 03(5888)4142
FAX 03(5888)4448
制　作　　編集工房「海」
装　丁　　石間　淳
装　画　　北村さゆり　　中扉イラスト：PIXTA
印刷／製本　　中央精版印刷株式会社

Printed in Japan　ISBN 978-4-87154-236-4 C0095

定価はカバーに表示してあります。
造本には十分注意しておりますが、落丁・乱丁本はお手数ですが小社宛お送りください。送料小社負担にてお取り替えいたします。